Flut in den Highlands, Peter Graham (1836 -1921)

Thomas M. Meine

SCHOTTISCHE GEISTERGESCHICHTEN

nach dem Buch
'Scottish Ghost Stories'

von Elliot O'Donnell

Im englischen Original erschienen im Jahre 1912 bei
Keagan Paul, Trench, Trübner & Co. Ltd., London

Bibliografische Information der Deutschen Nationalbibliothek

Die Deutsche Nationalbibliothek verzeichnet diese Publikation in der Deutschen Nationalbibliografie; detaillierte bibliografische Daten sind im Internet über http://dnb.dnb.de abrufbar.

Herstellung und Verlag:

BoD- Books on Demand, Norderstedt

3. Auflage September 2019

ISBN 9 783746 035567

Vorwort zur Übersetzung

In seinem 1912 erschienen Buch 'Scottish Ghost Stories', erzählt Elliot O'Donnell schottische Geistergeschichten, wie sie ihm berichtet wurden, im Volk umgehen oder er sie selbst erlebt haben will. Neben diversen Kurzgeschichten ist er auch der Verfasser vieler anderer Bücher zu diesem Thema (siehe unten):

In der Zeit, in der dieses Buch geschrieben wurde, waren Vorstellungskraft und der Glaube an Übernatürliches wohl noch ausgeprägter als heute. Ein oder zwei Gläser schottischen Whiskys, sollten aber auch heute wieder dafür sorgen, in einen ähnlich ausgeprägten Wahrnehmungszustand zu kommen. Dass man dafür vielleicht eher eine ganze Flasche braucht oder dass Elliot O'Donnell, möglicherweise, selbst ein paar Gläser zu viel davon genommen hat, sei dem Urteil des Lesers überlassen.

For Satan's Sake (1904), Unknown Depths (1905), Some Haunted, Houses of England and Wales (1908), Haunted Houses of London (1909), Reminiscences of Mrs. E. M. Ward (1910), Byways of Ghostland (1911), The Meaning of Dreams (1911), Scottish Ghost Stories (1912), The Sorcery Club (1912), Werewolves (1912, Animal Ghosts (1913), Ghostly Phenomena (1913), Haunted Highways and Byways (1914), The Irish Abroad (1915), Twenty Years' Experience as a Ghost Hunter (1916), The Haunted Man (1917), Spiritualism Explained (1917), Fortunes (1918), Haunted Places in England (1919), Menace of Spiritualism (1920), More Haunted Houses of London (1920), Ghosts, Helpful and Harmful (1924), The Banshee (1907), Strange Disappearances (1927), Strange Sea Mysteries (1927), Confessions of a Ghost Hunter (1928), Great Thames Mysteries (1929), Famous Curses (1929), Fatal Kisses (1929), The Boys' Book of Sea Mysteries (1930), Rooms of Mystery (1931), Ghosts of London (1932), The Devil in the Pulpit (1932), Family Ghosts (1934), Strange Cults & Secret Societies of Modern London (1934), Spookerisms; Twenty-five Weird Happenings (1936), Haunted Churches (1939), Ghosts with a Purpose (1952), Dead Riders (1953), Dangerous Ghosts (1954), Phantoms of the Night (1956), Haunted Waters, and Trees of Ghostly Dread (1958) u. a.

Fall I

(1) Der Todesgeist an der Kreuzung und (2) die unauslöschliche Kerze im alten weißen Haus in Pitlochry

Vor einigen Jahren, als ich mit dem Gedanken spielte, die Grafschaft Pertshire wieder einmal zu besuchen, die einige großartige Attraktionen für mich als Jungen bot, beantwortete ich eine Annonce in einer populären, wöchentlich erscheinenden Frauenzeitschrift. Soweit ich mich erinnere, ging es darin in etwa um: 'Vermietung einer komfortablen Wohngelegenheit an einen Gentleman (Junggeselle), in einem Haus einer älteren Lady in den Highlands bei Pitlochry, zu günstigen Konditionen, Postfach so und so.' Er musste ein strikter Abstinenzler und Nichtraucher sein.

Die Naivität und Originalität der Anzeige gefiel mir. Die Idee, einen Mitbewohner zu suchen, der als junger Mann gleichzeitig solcherlei Tugenden wie die Abstinenz vom Alkohol und Tabak in sich vereinte, hat mich gewaltig amüsiert. Und dann auch noch ein Junggeselle! Hatte sie die Absicht, ihn selbst zu verführen? Dieses durchtriebene Stück!

Sie hatte sorgfältig die Beschreibung 'ältere' gewählt, um jeglichem Verdacht aus dem Weg zu gehen, doch ich hatte keinen Zweifel, dass ihr nach einer Heirat dürstete. Von allen Männern für tabu erklärt, die auch nur einen flüchtigen Blick von ihr erhascht hatten, war dies ihre letzte Gelegenheit – sie würde einen unachtsamen Fremden in die Falle locken, natürlich einen Mann mit Geld und ihn dazu verführen, sie zu heiraten.

Und so erwuchs vor mir, in meiner Vorstellung, eine große, kantige, 40-jährige schottische Junggesellin, mit hohen Backenknochen, giftigen rotblonden Haaren und stämmigen Armen – die Art Frau, die eigentlich keine Frau hätte sein sollen – die Art Frau, die ich eher nicht mag. Aber dennoch, es war Pitlochry, das himmlische Pitlochry, und es gab sonst niemanden, der in dieser Stadt annonciert hatte.

9

Ich hatte keinen Zweifel, dass ich ihren Voraussetzungen gänzlich entsprechen würde, die Heirat ausgenommen. Ich kann die Prüfung in jederlei Gesellschaft als ein Abstinenzler bestehen. Ich verabscheue den Alkohol (zumindest verabscheut er mich, was wohl auf das Gleiche herauskommen sollte) und ich bin tolerant und aufgeschlossen gegenüber meinem Umfeld, oder besser gesagt, ich kann es sein, wenn es nicht absolut höllisch zugeht und es keine Kinder in Schussdistanz im Umfeld gibt.

Aber hier erwiesen sich alle meine Instinkte als falsch. Die annoncierende Lady – eine gewisse Flora Macdonald vom 'Donald Murray House' – hat in keiner Weise meiner Voreingenommenheit entsprochen. Sie war mittelgroß und zierlich – wie eine Märchengestalt in rauschender Seide gekleidet, mit welligem, weißem Haar, hellen, blauen Augen, klare und zierliche Erscheinung und Hände, deren Art und Feingliedrigkeit sie sofort als übersinnlich erscheinen ließen.

Sie begrüßte mich mit aller herrschaftlichen Höflichkeit der alten Schule. Dann wurde mein Handkoffer von einem würdevollen Burschen, im Schottenrock der Macdonalds, nach oben getragen.

Die Glocke für den Tee hatte mich nach unten gerufen, zu einer höchst appetitlichen Verköstigung von Erdbeeren mit Sahne, Teegebäck und herrlichem, gebuttertem Toast. Ich verliebte mich sofort in meine Gastgeberin – es wäre geradezu ein Sakrileg, diese göttliche Kreatur mit dem vulgären Begriff 'Wirtin' zu bezeichnen.

Wenn die eigenen Vorstellungen von einem Platz anfangs überschwänglich sind, werden sie später oft in gleicher Stärke wieder korrigiert. In diesem Fall war es jedoch anders. Meine Wertschätzung, sowohl für Miss Flora Macdonald, als auch für ihr Haus, wurde täglich stärker. Das Essen war, wie man es sich nur wünschen konnte und mein Schlafzimmer hatte einen süßen Geruch von Jasmin und Rosen. Es zeigte solch ein Bild von anmutiger Sauberkeit, dass es in mir Gefühle von Beschämung auslöste, ich könnte es mit meiner staubigen, von der Reise strapazierten Ausstattung, verunreinigen.

Ich schmeichelte mir selbst, dass Miss Macdonald auch mich mögen würde. Dass sie mich nicht als einen aus der gewöhnlichen Herde betrachten würde, stand außer Zweifel, zumindest in einem gewissen Maß, aufgrund der Tatsache, dass sie eine Jakobitin war.

In einem Gespräch über die Assoziierung mit ihrer romantischen Namensvetterin 'Flora Macdonald' (eine als Heldin verehrte Jakobitin) mit der Stadt Perthshire, kam heraus, dass unsere jeweiligen Vorfahren Bataillone der berühmten schottischen und irischen Brigaden von Louis XIV. kommandiert hatten. Diese Entdeckung überbrückte alle Klüfte. Wir waren nicht länger nur Mietzahler und Geldempfänger – wir waren Freunde – Freunde fürs Leben.

Ich bekomme einen Knoten im Hals, während ich diese Worte schreibe, da ich kurz danach von ihrem Tod erfahren hatte.

Ungefähr eine Woche, nachdem ich mich in ihrem Haus niedergelassen hatte, machte ich, aufgrund ihres Ratschlages, eine Pause vom Schreiben (und ich stimmte ihr zu, dass es eine notwendige Pause war) und verbrachte den Tag am Loch Tay, den ich um sieben Uhr am Abend wieder in Richtung 'Donald Murray House' verlassen hatte.

Es war eine herrliche Mondnacht. Nicht eine Wolke am Himmel und die Landschaft erschien so klar wie am Tag. Ich war mit dem Rad unterwegs, und nach einer harten, aber durch und durch vergnüglichen Zeit des Pedaltretens, kam ich schließlich zur Landstraße, eine Meile von den ersten Lichtern von Pitlochry entfernt. Ich hielt an, nicht wegen Erschöpfung, da ich noch sehr frisch war, als ich startete, sondern weil mich die wunderbare Atmosphäre verzauberte. Ich wollte einige richtig tiefe Züge davon einatmen, bevor ich zu Bett gehen würde.

Der Platz, an dem ich innehielt, war ein dreieckiges, grasbedecktes Stück Land, an der Kreuzung von vier Straßen. Ich stellte mein Rad an eine Hecke und stand da, an einen Wegweiser angelehnt und mit dem Gesicht in die Richtung, aus der ich gekommen war. In dieser Haltung verharrte ich einige Minuten, vielleicht zehn, und war gerade dabei mein Rad wieder zu besteigen, als mir plötzlich eiskalt wurde.

Ein furchterregender, grässlicher Schreck erfasste mich, dermaßen intensiv, dass das Rad, welches meinen gelähmten Händen entglitt, mit einem Schlag zu Boden fiel. Im nächsten Moment ließ etwas den offenen Raum vor mir mit einem sanften Schlag erhellen und stand dann aufrecht da, wie eine zylindrische Säule. Ich wusste für mein Leben nicht, was es war, da seine Umrisse so verschwommen und undeutlich waren.

Von weiter her kam das tiefe Grollen von Rädern, welches sich augenblicklich verstärkte, bis ein herandonnernder Wagen sichtbar wurde, niedergedrückt unter einem monströsen Heuhaufen. Oben auf saß ein Mann mit einem breitkrempigen Strohhut und unterhielt sich heftig mit einem Jungen in Cordhosen, der sich neben ihm ausgebreitet hatte.

Das Pferd, welches nun auch das mir gegenüberstehende, bewegungslose 'Ding' sah, stand sofort still und schnaubte heftig. Der Mann schrie laut 'hey! hey!, was ist los mir dir Biest?' Dann kam ein hysterischer Schrei 'Großer Gott!, was ist das für eine Gestalt, die ich da sehe?, was ist das für eine Gestalt, Tammas?'

Der Junge kam sofort hoch und kniete neben dem Mann, den er am Arm griff, und schrie 'ich weiß nicht, ich weiß nicht, Matthew, pass aber auf, dass es mich nicht erwischt!' Sie ist hinter mir her!'

Das Mondlicht war so stark, dass ich die Gesichter der Sprechenden mit außergewöhnlicher Lebendigkeit erfassen konnte, und ihr entsetzter Ausdruck war sogar noch mehr erschreckend als die gespenstige Erscheinung des Unbekannten.

Die Szene kommt zu mir zurück, hier, in meinem kleinen Zimmer in Norwood, mit jedem Detail so deutlich erkennbar, wie in der Nacht, als sie sich ereignete. Die lange Kette der kegelförmigen Berge, die sich wie dunkle Silhouetten gegen den silbrigen Himmel abzeichneten, scheinbar still in staunender Erwartung; die glänzende Oberfläche eines entfernten Sees oder

Flusses, die man nur ab und zu wahrnehmen konnte, wegen der mächtigen Ansammlung von sanft nickenden Pinienbäumen; die weißgewaschenen Wände von Landhäusern, welche inmitten der dunkelgrünen Dichte von dick belaubten Buchsbaumhecken glitzerten und dem leichten, zarten Blattwerk des Goldregens; die welligen Wiesen mit verstreuten Ginsterbüschen und grotesk ausgebildeten Granitfelsen; die weißen und weiß schillernden Straßen, beschienen von den Strahlen des Mondes; alles – alles war überwältigt von der Stille – die Stille, die nur den Bergen gehört, den Bäumen und Ebenen – die Stille des Schattenlandes.

Ich zählte sogar die Knöpfe, die Hornknöpfe, an den bäuerlichen Mänteln. Einer fehlte an dem des Mannes, zwei an dem des Jungen; ich bemerkte sogar die Schweißflecken unter den Achseln von Matthews Hemd und die Beulen und Risse in Tammas' weichem Fellhut.

Ich bemerkte alle diese Belanglosigkeiten und noch mehr. Ich sah das abrupte Heben und Senken der Brust des Mannes, als sein Atem in starken Stößen herauskam und einen Schwall von dreckigem Speichel, der zwischen seinem von Blaubeeren gefärbten Mund über sein Kinn heraustriefte; ich sah ihre Hände – die des Mannes mit kräftigen Fingern, schwarzen Nägeln, großen Adern, die vom Schweiß glänzten und sich verbissen an die Zügel klammerten; die des Jungen waren kleiner und, wenn überhaupt, eher dreckiger. Die eine war flach auf das Stroh gepresst, die andere streckte sich vor ihm aus, die Handflächen nach außen gewölbt und die Finger weit gespreizt.

Und während sich mir diese winzigen Einzelheiten einprägten, stand die Ursache für all das – die undefinierbare, geheimnisvolle Säule – still und bewegungslos hinter der Hecke und erstrahlte in einem bösartigen Schein.

Plötzlich brach das Pferd den Bann. Mit dem Kopf voraus stürmend, rannte es im Galopp los und, wild am Phantom vorbeistürmend, schossen sie Hals über Kopf die Straße links von mir hinunter.

Dann sah ich, wie Tammas einen Purzelbaum schlug, wie durch wundersame Weise davor bewahrt mit dem Kopf zuerst auf die Straße zu fallen. Er prallte von der Heugabel ab, die er senkrecht ins Heu eingekeilt hatte, während die Figur, die ihnen mit gewaltigen Sätzen folgte, offensichtlich versuchte, ihn mit ihren spinnenartigen Armen zu greifen. Ob es ihr aber gelang oder nicht, vermag ich nicht zu sagen.

Ich hatte eine so unkontrollierte Angst, es würde zu mir zurückkommen, dass ich mein Rad bestieg und davonradelte, wie ich noch niemals geradelt war.

Bei meiner Rückkehr beschrieb ich Miss Macdonald den Vorfall. Sie sah daraufhin sehr ernst aus.

'Es war dumm von mir, dass ich Sie nicht gewarnt habe, sagte sie. Ich hätte ihnen sagen sollen, dass dieser bestimmte Platz schon immer – zumindest so lange, wie ich mich erinnern kann – den Ruf hat, von Geistern heimgesucht zu werden. Keiner der Einwohner von hier würde sich nach Einbruch der Dämmerung näher als eine Meile heranwagen. Die Fuhrleute, die sie gesehen haben, müssen Fremde gewesen sein.'

'Niemand hat je den Geist gesehen, ausgenommen in der verschwommenen Form, in welcher sie ihn wahrgenommen haben. Er kommt nicht jede Nacht an diesen Platz und erscheint nur sporadisch, aber seine Art und Weise ändert sich nie. Er springt über eine Mauer oder Hecke, bleibt dann auf dem Fleck stehen, bis jemand kommt, und folgt ihm dann mit riesigen Sprüngen. Die Person, die er berührt, stirbt unweigerlich innerhalb eines Jahres.'

'Ich erinnere mich noch gut, als ich ein Teenager war, und an eine der Nächte wie diese, als ich mit meinem Vater von der Krocket-Party bei Lady Colin Ferner, am Blair Atholl, nach Hause fuhr. Als wir an die Stelle kamen, die Sie erwähnt haben, scheute das Pferd, und bevor ich noch realisieren konnte, was geschehen war, rasten wir nach Hause, in einer fürchterlichen Geschwindigkeit.'

'Mein Vater und ich saßen vorne, und der Stallknecht, ein Junge von den Highlands aus dem Ben-y-gloe Tal, befand sich hinter uns. Da ich meinen Vater noch nie verängstigt gesehen hatte, war ich nun schrecklich beunruhigt und das umso mehr, als mein Instinkt mir sagte, dass dies durch etwas anderes ausgelöst worden war als nur das Durchgehen des Pferdes.'

'Bald war alles hell erleuchtet. Eine riesige Figur überholte uns mit Sätzen und Sprüngen. Sie fuhr ihre langen, dünnen Arme aus, berührte meinen Vater leicht an der Hand und verschwand dann mit einem grellen Schrei, mehr wie von einem seltsamen Tier kommend, als von einem menschlichen Wesen.'

'Keiner von uns sprach ein Wort, bis wir zuhause ankamen. Ich lebte zur damaligen Zeit nicht hier, aber in einem Haus auf der anderen Seite von Pitlochry. Mein Vater, der immer noch weiß war, wie ein Bettlaken, nahm mich zur Seite und flüsterte:'

›Was auch immer du machst, Flora, verliere niemals ein Wort über das, was passiert ist, gegenüber deiner Mutter, und lass sie niemals nachts auf dieser Straße entlang gehen. Es war der Todesgeist. Ich werde innerhalb von zwölf Monaten sterben.‹ 'Und so kam es auch.'

Miss Macdonald machte eine Pause. Es folgte eine kurze Stille, und dann fuhr sie mit ihrer gewohnten Lebhaftigkeit fort:

'Ich kann die Sache nicht mehr erklären, wie sie es können, außer dass ich den Eindruck hatte, es hätte keine Augen gehabt. Aber was es war, der Geist eines Mannes, einer Frau, oder ein ungewöhnliches Biest, könnte ich bei meinem Leben nicht sagen. Nun, Mr. O'Donnell, haben sie genug Horrorgeschichten für einen Abend gehabt oder würden sie gerne noch eine hören?'

Ich wusste, dass an Schlaf überhaupt nicht zu denken war, und dass ein oder zwei zusätzliche Nervenkitzel keinen großen Unterschied mehr machen würden, bezüglich meiner angeschlagenen Nerven. Ich antwortete ihr, dass ich ihr bei allem, was sie mir sagen könnte, eifrig zuhören würde, Hauptsache es ist

15

schrecklich. Meine Zustimmung wuchs – und wuchs sehr bereitwillig – und Miss Macdonald begann mit ihrer Erzählung, aber nicht, so konnte ich bemerken, ohne ein oder zwei besorgte Blicke auf die raschelnden Vorhänge zu werfen. Es verlief alles, so gut mich erinnern kann, wie nachfolgend beschrieben.

Sie sagte: 'Nach dem Tod meines Vaters erzählte ich meiner Mutter von dem Erlebnis in der Nacht, in der wir von der Party bei Lady Colin Ferner heimfuhren, und fragte sie, ob sie sich erinnern könne, irgendetwas gehört zu haben, was dieses Phänomen erklären könnte.'

Nach einem Moment des Nachdenkens erzählte sie mir diese Geschichte:

Die unauslöschliche Kerze im alten, weißen Haus in Piltlochry

Es gab einmal ein Gebäude, das unter dem Namen 'das alte weiße Haus' bekannt war. Es stand an der Seite der Straße, nahe bei der Stelle, wo sie sagten, dass das Pferd gescheut hatte. Einige Leute mit dem Namen Holkitt, Verwandte des verehrten, alten Sir Arthur Holkitt und große Freunde von uns, lebten dort.

Das Haus, so glaubte man allgemein, wurde am Rande einer sehr alten Begräbnisstätte erbaut. Jeder sagte, es würde dort spuken und die Holkitts hatten große Mühe, Diener zu finden. Das Erscheinungsbild des Geisterhauses widersprach nicht seiner Reputation: Finsterer Garten, düstere Eingangshalle, dunkle Gänge und Treppen, und die unheimlichen Dachstuben hätten nicht deutlicher auf alle Arten von geisterhaften Phänomenen hinweisen können. Darüber hinaus war die ganze Atmosphäre des Ortes, egal wie heiß und hell die Sonne war, kalt und trostlos und es war eine fortwährende Quelle der allgemeinen Verwunderung darüber, wie Lady Holkitt da leben konnte.

Trotzdem war sie immer gut gelaunt und sie sagte mir, dass nichts sie veranlassen könnte, einen Platz zu verlassen, der von so vielen Generationen ihrer Familie geliebt wurde und mit den glücklichsten Erinnerungen in ihrem Leben verbunden war.

Sie mochte Geselligkeit, und es gab kaum eine Woche im Jahr, in der sie nicht irgendjemand hatte, der bei ihr verweilte. Ich kann mich an sie nur als Witwe erinnern. Ihr Ehemann, ein Major bei den Gordon Highlanders, starb in Indien, bevor ich geboren wurde.

Sie hatte zwei Töchter, Margaret und Alice, die beide sehr hübsch und einige Jahre älter waren als ich. Dieser Altersunterschied hinderte uns aber nicht daran, sehr freundschaftlich verbunden zu sein, und ich wurde immer wieder in ihr Haus eingeladen – im Sommer zum Krocket und zum Bogenschießen, im Winter zu den Bällen.

Wie die meisten älteren Ladys zu dieser Zeit war Lady Holkitt sehr dem Kartenspiel zugetan, und sie und meine Mutter spielten regelmäßig Bezique und Cribbage, während die Mädchen und ich etwas mehr Frivoles genossen.

Zu diesen Gelegenheiten kam die Kutsche immer um zehn Uhr abends zu uns. Aus dem einen oder anderen Grund wollte meine Mutter – ich habe den Verdacht, es war wegen des angeblichen Spukens – dass wir nicht nach dieser Zeit nach Hause gehen würden.

Wenn sie eine Einladung zu einem Ball angenommen hatte, geschah das immer unter der Bedingung, dass Lady Holkitt uns beide übernachten ließ, und die Kutsche würde uns dann am nächsten Tag nach dem Ein-Uhr-Essen abholen.

Ich werde nie das letzte Mal vergessen, als ich zum Tanz im 'alten weißen Haus' gegangen war, obwohl es jetzt eher mehr als fünfzig Jahre her ist. Meine Mutter hatte sich schon seit einigen Wochen nicht sehr wohl gefühlt, da sie sich, wie sie dachte, eine Grippe geholt hatte.

Sie hatte keinen Arzt konsultiert, einerseits, weil sie sich nicht krank genug fühlte, andererseits, weil der einzige Mediziner in unserer Nähe ein Apotheker war und von dessen Fähigkeiten sie eine schlechte Meinung hatte.

Meine Mutter hatte sich fast dazu entschlossen mich zum Ball zu begleiten, aber im letzten Moment, da auch das Wetter scheußlich war, folgte sie den allgemeinen Ratschlägen, und meine Tante Noah, die gerade bei uns zu Besuch war, begleitete mich an ihrer Stelle.

Es schneite, als wir uns auf den Weg machten, und da es auch die ganze Nacht durchschneite und auch den größten Teil des folgenden Tages, waren die Wege vollkommen blockiert und wir mussten im 'alten weißen Haus', von Montag bis zum Abend des folgenden Donnerstags, bleiben.

Tante Noah und ich belegten separate Schlafzimmer und meines war am Ende eines langen Gangs, entfernt von allen anderen. Zuvor hatten sich meine Mutter und ich immer ein Zimmer geteilt – das einzig wirklich angenehme im Haus, wie ich dachte – von welchem aus man den Rasen an der Vorderfront betrachten konnte. Aber da es bei dieser Gelegenheit eine größere Zahl von Besuchern gab, die in der gleichen Lage waren wie wir, mussten wir uns, wo immer es ging, reinzwängen.

Da meine Tante und ich separate Räume bekamen (meine Tante wollte ihr eigenes Zimmer), war es selbstverständlich, dass sie man ihr das größere von beiden gab. Folglich befand sie sich in dem Flügel, in dem alle anderen Besucher schliefen, während ich gezwungen war, mich in einen Durchgang auf der anderen Seite des Hauses zurückzuziehen. Dort befanden sich, mit der Ausnahme meines Zimmers, nur Abstellkammern.

Alles ging glatt und zufriedenstellend und nichts unterbrach die Harmonie unseres Besuches, bis zu der Nacht vor unserer Rückreise. Wir aßen zu Abend – unsere Mahlzeiten wurden zur damaligen Zeit anders gehandhabt – und Margaret und ich stiegen die Treppe hinauf, auf dem Weg zu unseren Betten, als uns Alice, die vor uns die Treppe hinaufgerannt war, mit einem verschreckten Gesicht entgegentrat. 'Oh, kommt in mein Zimmer!', schrie sie. 'Es ist etwas mit Mary passiert' (Mary war eines der Hausmädchen).

Wir beide begleiteten sie, und als wir den Raum betraten, fanden wir Mary auf einem Stuhl sitzen und hysterisch weinen. Man musste sich das Mädchen nur kurz ansehen, um festzustellen, dass sie unter einem ernsthaften Schock litt.

Obwohl normalerweise rotbäckig und gelassen, kurzum eine sehr gesunde, behäbige Kreatur und die letzte Person, die man leicht beunruhigen konnte, war sie nun ohne einen Rest von gesunder Farbe, während die Pupillen ihrer Augen vor Schrecken geweitet waren. Ihr ganzer Körper, vom Scheitel des Kopfes bis zu den Sohlen ihrer Füße, zitterte, als hätte sie Schüttelfrost. Ich war grenzenlos geschockt, sie so zu sehen.

'Was, Mary', rief Margaret aus, 'was ist denn los? Was ist passiert?'

'Es ist die Kerze, Miss', keuchte das Mädchen, 'die Kerze in Miss Trevors Zimmer. Ich kann sie nicht löschen.'

'Du kannst sie nicht löschen?, warum?, was für ein Unsinn!', sagte Margaret. 'Bist du närrisch?'

'Es ist so wahr, wie ich hier sitze, Miss', hechelte Mary. 'Ich habe die Kerze auf den Kaminsims gestellt, während ich das Zimmer machte, und als ich fertig war und ging, um sie auszublasen, konnte ich es nicht. Ich blies, und blies, und blies, aber es hatte keine Wirkung, und dann hatte ich Angst, Miss, schreckliche Angst.' An dieser Stelle begrub sie das Gesicht in ihren Händen und bebte. 'Mir wurde noch nie ein solcher Schrecken eingejagt, Miss', antwortete sie langsam, 'und ich bin gegangen und habe die Kerze brennen lassen.

'Wie absurd von dir', schimpfte Margaret. 'Wir müssen gehen und sie sofort ausmachen. Ich will eigentlich, dass du mitkommst, Mary – außer dorthin! Bleib, wo du bist, und verdammt noch mal hör auf zu weinen, sonst wird dich jeder im Haus hören!'

Nachdem sie dies gesagt hatte, eilte Margaret los, und Alice und ich begleiteten sie. Als wir den Raum erreicht hatten, dessen Tür weit offen stand, entdeckten wir die brennende Kerze, an der Stelle, die Mary beschrieben hatte. Ich schaute die Mädchen an und erkannte, trotz meines Vorhabens das nicht erkennen zu wollen, die unmissverständlichen Anzeichen einer großen Furcht, die in ihren Augenwinkeln lauerte – eine Furcht vor etwas, das sie vermuteten, aber nicht wagten auszusprechen.

'Wer geht zuerst?', fragte Margaret. Niemand sprach.

'Nun dann', fuhr sie fort, 'werde ich es tun'. Sie ließ den Worten Taten folgen und wollte die Schwelle überschreiten. Im Moment, als sie dies tat, begann sich die Tür zu schließen. 'Das ist seltsam!', rief sie, 'drückt alle mit!'

Wir machten das, wir drückten alle drei, aber trotz unserer Anstrengungen stemmte sich uns die Tür beharrlich entgegen und wir waren ausgeschlossen. Dann, bevor wir Zeit hatten, uns von unserem Erstaunen zu erholen, flog sie auf. Aber ehe wir die Schwelle überschreiten konnten, kam sie gewaltsam zurück, in gleicher Weise wie zuvor. Eine unsichtbare Kraft hielt sie gegen uns.

'Lasst es uns noch einmal versuchen', sagte Margaret, 'und wenn wir es nicht schaffen, rufen wir um Hilfe.'

Ihrer Anweisung folgend, drückten wir noch einmal. Ich war am nächsten zum Griff und auf irgendeine Weise – wie, könnte keiner von uns jemals erklären – öffnete sich die Tür aus eigenem Antrieb. Ich rutsche aus und fiel in das Zimmer hinein. Dann, mit einem Knall, schloss sich die Tür wieder, und zu meinem absoluten Erschrecken fand ich mich alleine im Raum.

Für einige Sekunden war ich gebannt und konnte nicht einmal meine Gedanken fassen, um den Holkitts, die immer wieder an die Tür schlugen, eine Antwort auf ihre klagenden Bitten zu geben und ihnen erklären, was gerade geschieht.

Noch nicht einmal in der grässlichen Aufregung eines Albtraums habe ich einen solchen Schrecken erlebt, wie der Schrecken, den mir dieser Raum vermittelte. Obwohl man nichts sehen konnte, nichts außer der Kerze, deren Licht eigentümlich weiß war und flackerte, fühlte ich die Anwesenheit von etwas unaussprechlich Bedrohlichem und Schrecklichem.

Es war im Licht, in der Atmosphäre, in den Möbeln, überall. Von allen Seiten umzingelte es mich, von allen Seiten war ich bedroht – bedroht in einer Art und Weise, die seltsam und tödlich war.

Etwas sagte mir, dass die Quelle des Übels in der Kerze lag und wenn es mir gelingen würde, die Flamme zu löschen, sollte ich mich von der gespenstigen Umgebung befreien können. Ich bewegte mich zum Kaminsims und, nachdem ich tief einatmete, blies ich, blies – blies, mit einer Energie, die aus der Verzweiflung geboren wurde. Es hatte alles keine Wirkung.

Ich wiederholte meine Anstrengungen, ich blies fieberhaft, wie wild, aber es nutzte nichts; die Kerze brannte noch – sie brannte noch, sanft und höhnisch. Mich überkam ein fürchterlicher Schreck. Ich rannte auf die andere Seite des Zimmers, verbarg mein Gesicht an der Wand und wartete auf das, vor dem mich die schwachen Schläge meines Herzens warnten, was kommen würde.

Unter dem Zwang, etwas sehen zu wollen, drehte ich mich vorsichtig – nur sehr, sehr vorsichtig – herum und da, da, mir verstohlen durch die Luft entgegenschwebend, kam die Kerze, die flackernde, leuchtende, unheilvolle Kerze.

Ich versteckte wieder mein Gesicht und betete zu Gott mich ohnmächtig werden zu lassen. Näher und näher kam das Licht, wilder und wilder wurden draußen die Bemühungen die Tür aufzukriegen.

Dichter und dichter presste ich mich an die Wand, und dann, als die Qualen schlimmer wurden als es ein menschliches Herz und der Verstand ertragen konnten, kam das Gefühl einer Berührung, die Andeutung einer Berührung, eine Berührung, die so schauderhaft war, dass zu guter Letzt meine Gebete erhört wurden. Ich wurde ohnmächtig und fiel hin.

Als ich wieder zu mir kam, war ich in Margarets Zimmer, und ein halbes Dutzend vertrauter Gesichter hatten sich um mich herum versammelt.

Es schien so, dass mit dem Sturz meines Körpers auf den Boden, die Tür, die sich so erfolgreich gegen jede Anstrengung gewehrt hatte, augenblicklich aufflog, und man fand mich am Fußboden liegend und die Kerze, immer noch brennend, auf dem Boden neben mir.

Meine Tante hatte keine Schwierigkeit, die störrische Kerze auszublasen und ich wurde äußerst sanft in den anderen Flügel des Hauses getragen, wo ich die Nacht über schlief. Es wurde am nächsten Tag wenig über den Vorfall gesprochen, aber alle, die davon Kenntnis hatten, zeigten in ihren Gesichtern die größte Beklommenheit, eine Beklommenheit die mich, nachdem ich mich erholt hatte, sehr verwirrte.

Bei unserer Ankunft zu Hause wartete auf mich ein anderer Schock. Wir erfuhren, zu unserer großen Bestürzung, dass meine Mutter ernsthaft krank war, und der Arzt, der aus Perth am Vorabend gerufen wurde – in etwa zum Zeitpunkt meines Erlebnisses mit der Kerze – hatte gesagt, dass sie möglicherweise den Tag nicht überlebt. Seine Warnungen trafen ein – sie starb bei Sonnenuntergang.

Natürlich könnte ihr Tod nichts mit der Kerzenepisode zu tun haben, dennoch erschien es mir als ein eigenartiger Zufall, und es erscheint mir um so mehr seltsam zu sein, nachdem ich deinen Bericht über den Geist gehört habe, der deinen lieben Vater auf der Straße berührt hatte, so nahe an der Stelle, wo das alte Haus der Holkitts einmal stand.

Ich konnte nie herausfinden, ob Lady Holkitt oder ihre Töchter jemals etwas von einer übernatürlichen Art in ihrem Haus gesehen hatten; nach meiner Erfahrung waren sie sehr zurückhaltend, was dieses Thema betraf, und natürlich wollte ich auch nichts erzwingen.

Nach dem Tod von Lady Holkitt verkauften Margaret und Alice das Haus, was schließlich abgerissen wurde, da niemand darin leben wollte und ich glaube, das Grundstück, auf dem es einst stand, ist jetzt ein Rübenfeld.

Das, meine Liebe, ist alles, was ich dir dazu sagen kann.

'Nun, Mr. O'Donnell?', fügte Miss Macdonald hinzu, 'nachdem wir von unseren Erfahrungen gehört haben, die meiner Mutter und meine eigenen, was ist ihre Meinung? Denken Sie, das Phänomen mit der Kerze war auf irgendeine Weise mit dem Geist verbunden, den Sie und ich gesehen haben, oder ist der Spuk im 'alten weißen Haus völlig getrennt von dem auf der Straße?'

Die Schafe werden zum Scheren eingesammelt
Richard Ansdell (1815 - 1885)

Fall II
Das obere Dachgeschoss von Pringle's Manison [Pringles Villa] in Edinburgh

Eine charmante Lady, Miss South, sagte mir, dass sie als Kind kein Haus mehr interessierte als Pringle's Manison in Edinburgh. Pringle's Manison ist, nebenbei gesagt, weder der richtige Name des Hauses, noch steht dort heute das ursprüngliche Gebäude – Tatsache ist, dass mein Freund gezwungen war, die Örtlichkeit geheim zu halten, aus Furcht vor dem Vorwurf falscher Behauptungen, wie es im Egham Verfahren von 1904-7 der Fall war.

Mit Ausnahme eines Bildes hatte Miss South das Haus, welches sie so faszinierte, nie gesehen. Jedoch, aufgrund der immer wieder gehörten Geschichten von ihrem alten Kindermädchen, hatte sie das Gefühl es in- und auswendig zu kennen, und es bereitete ihr immer wieder Vergnügen, im Kinderzimmer Grundrisse der Räume und Gänge zu zeichnen, welche sie, um alles realistisch erscheinen zu lassen, benannte und nummerierte.

Es gab da den Admiral's Room, Madame's Room, Miss Orphelia's Room, Master Gregory's Room, Letty's Room (für das Kindermädchen), den Raum des Kochs, des Dieners, der Hausmagd – und – den verhexten Raum.

Das Haus war sehr alt – wahrscheinlich aus dem 16. Jahrhundert – und war, zur Durchgangsstraße hin, hinter einer großen Mauer versteckt, welche es rundherum einschloss. Es hatte keinen Garten, nur einen großen Hof, der mit verblichenen, gelben Pflastersteinen bedeckt war und auf dem ein alter Brunnen stand, mit altmodischer Seilrolle und Eimer.

Wenn der Brunnen gereinigt wurde, ein Vorgang, der regelmäßig an einem bestimmten Tag stattfand, wurden alle Gegenstände im Haus in Beschlag genommen, mit denen man das Wasser herausschöpfen konnte. Alles wurde vom Admiral selbst überwacht, und er ließ die komplette Dienerschaft auf dem Anwesen an der Arbeit teilnehmen. Bei einer dieser Gelegenheiten verkündete der Admiral seine Absicht, dass er im Eimer in den Brunnen gehen wollte. Das war ein seltener Moment in Lettys Leben, denn als der Admiral hinabgelassen wurde, riss das Seil!

In der Tat, der Gedanke daran, was der Grundbesitzer sagen würde, wenn er wieder heraufkommt, hätte beinahe zur Folge gehabt, dass er nie wieder heraufgekommen wäre. Jedoch, jemand der mutiger als der Rest war, hatte genügend Geistesgegenwärtigkeit, eine Rettungsaktion zu starten, und die Zaghaften, dankbar die 'Explosion' überlebt zu haben, mussten sich bis auf Weiteres mit halben Essensrationen zufriedengeben.

Aber, trotz dessen Verbindung zu so einem so strengen Herrn und trotz ihrer geisterhaften Erfahrungen, liebte Letty dieses Haus und wurde nie müde darüber zu schwärmen.

Es war ein zweistöckiges Haus, mit geräumigen Untergeschossen, aber ohne Keller. Es gab vier Empfangsräume – alle mit Eichenholz verkleidet – im untersten Geschoss waren zahlreiche Küchenräume, einschließlich eines gemütlichen Raums für die Haushälterin und eine geräumige Eingangshalle, in deren Zentrum eine breite Eichentreppe stand.

Die Räume im Untergeschoss, drei an der Zahl, hauptsächlich als Abstellkammern genutzt, waren weit unten, dunkel und grässlich.

Im ersten Stock öffneten sich die Türen von acht Schlafzimmern zu einer Galerie hin, von der aus man die Eingangshalle überblicken konnte, und das Obergeschoss, wo die Diener schliefen, bestand nur aus Mansarden, die untereinander nur durch dunkle, enge Gänge verbunden waren. Es war eine dieser Mansarden, in der es spukte, obwohl der Geist tatsächlich in allen Teilen des Hauses gesehen wurde.

Als Letty in die Dienste des Admirals trat, war sie fast noch ein Kind und hatte noch nie etwas von Geistern gehört. Auch das andere Dienstpersonal hatte ihr gegenüber die

Spukgeschichten nie erwähnt, da sie diesbezüglich vom Gutsherrn strikte Anweisungen hatten.

Lettys Wohnbereich, so bescheiden er auch war, erschien hell und freundlich, aber die dunklen Bereiche der Villa kamen ihr doch sehr befremdlich vor.

Ohne genau zu wissen, warum sie so Angst hatte, erfasste sie der Gang in den Keller mit Panik, und sie fühlte sich alles andere als behaglich bei der Aussicht, alleine im Dachgeschoss schlafen zu müssen. Es passierte aber nichts, was sie in Aufregung versetzen sollte, bis etwa einen Monat nach ihrer Ankunft.

Es war früh am Abend, kurz nach der Dämmerung, als sie in einen der Keller ging, um nach einem Stiefelknecht zu suchen, den der Admiral, bei allem, was heilig war, vor dem Abendessen gefunden haben wollte.

Nachdem Sie das Licht, welches sie mitführte, auf eine Packkiste gestellt hatte, tastete sie sich zwischen den Kisten und Kästen herum, als sie zu ihrem Erstaunen feststellte, dass sich das Licht der Kerze plötzlich blau gefärbt hatte. Dann fühlte sie eine eisige Kälte und erschrak sehr, als sie ein lautes Geklapper auf dem Steinboden, von irgendeinem metallenen Gegenstand aus der äußersten Ecke des Kellers kommend, hörte.

Sie starrte in die Richtung des Geräusches und sah zwei Augen, die sie ansahen, zwei schief stehende, schaurige, helle Augen, voll von höchster Boshaftigkeit. Total erschreckt und vollkommen unfähig zu erfassen, was sie sah, stand sie mucksmäuschenstill da. Sie konnte ihre Glieder nicht mehr bewegen, ihre Kehle wurde trocken und sie brachte keinen Ton heraus.

Das Gerassel kam wieder, und eine schattenhafte Figur begann langsam auf sie zuzukriechen. Sie hätte kaum gewagt, zu erahnen, was ihr später passiert wäre, aber in diesem Moment war der Gutsherr selbst nach unten gekommen. Beim Klang seiner schallenden Stimme verschwand das Phantom. Der Schock jedoch war zu viel für Letty gewesen. Sie fiel in Ohnmacht und der Admiral, der sie so behutsam die Treppe hochbrachte, als wäre es seine eigene Tochter, gab die feste Order, dass es ihr nie wieder erlaubt würde, alleine in den Keller zu gehen.

Aber nun, da Letty selbst solch eine Erscheinung hatte, fühlten sich die anderen Diener nicht mehr länger an die Schweigepflicht gebunden und überfluteten sie mit endlosen Berichten über den Spuk im Haus.

Jeder, so sagten sie ihr, hatte den einen oder den anderen Geist gesehen, ausgenommen Master Gregory und Perkins, der Butler, und die Geistererscheinungen im Keller waren ihnen bestens bekannt. Sie gaben weiter an, dass auch andere Teile des Hauses ziemlich schlimm von Geistern heimgesucht wurden, und es ist wohl auch zum Teil diesen grausamen Geschichten geschuldet, dass die arme Letty sich immer fürchtete, wenn sie die Gänge, die zu den Mansarden führten, durchquerte.

Früh an einem Morgen hastete sie einen dieser Gänge entlang und hörte, wie ihr jemand nachrannte. Sie dachte, es wäre einer der anderen Diener und drehte sich um, mit dem guten Gefühl, dass auch noch jemand anderes außer ihr so früh auf den Beinen war.

Doch zu ihrem Schrecken sah sie eine fürchterlich aussehende Gestalt, die teils Mensch und teils Tier zu sein schien. Der Körper war ziemlich klein, das Gesicht aufgebläht und mit gelben Punkten übersät. Es hatte das riesige Maul eines Tieres, dessen Lippen sich wild bewegten, ohne einen Laut von sich zu geben und zeigten, dass die Kreatur sich bemühte etwas zu sagen, aber dies nicht konnte. In dem Moment, als Letty um Hilfe schrie, verschwand das Phantom.

Ihre schlimmste Erfahrung sollte aber noch kommen. Die leere Mansarde, von der man sagte, sie sei so schlimm vom Spuk heimgesucht, dass niemand in ihr schlafen wollte, war der Raum neben ihrem. Es war ein Raum, von dem sich Letty gut vorstellen konnte, dass er von Geistern besucht wurde, da sie niemals zuvor einen gleich düsteren gesehen hatte. Die Decke war niedrig und schräg, das Fenster winzig und die Wände hatten die verschiedensten Nischen und Ecken. Ein Bett, uralt und wurmzerfressen, stand in einer der Nischen und eine schwarze Truhe in einer anderen. Im rechten Winkel zur Tür, in einer anderen Nische, stand ein Kleiderschrank, der jedes Mal besorgniserregend ächzte und stöhnte, wenn Betty im Gang vorbeiging.

Eines Tages hörte sie ein Glucksen, ein tiefes, teuflisches Glucksen, von dem sie dachte, es käme von der Truhe und einmal, als die Tür des Raumes offen stand, erfasste sie das Glitzern eines Augenpaares – die gleichen blassen, heimtückischen Augen, die sie im Keller so in Angst versetzt hatten.

Die von ihrer frühesten Kindheit an regelmäßig schlafwandelte Letty, ging eines Nachts, ungefähr ein Jahr nachdem sie hier zur Anstellung gekommen war, aus ihrem Bett heraus und lief im Schlaf in den vom Spuk heimgesuchten Raum. Sie wachte auf und fand sich, kalt und schlotternd, in der Mitte des Fußbodens wieder. Es dauerte einige Sekunden, bevor ihr bewusst wurde, wo sie war. Ihr Entsetzen, als sie begriff, wo sie befand, kann kaum beschrieben werden.

Der Raum war vom Mondlicht durchschienen und die Strahlen, die mit spürbarer Brillanz auf jedes Möbelstück im Raum fielen, erregten sofort Lettys Aufmerksamkeit und beeindruckten sie dermaßen, dass sie sich völlig außerstande fühlte, sich zu bewegen.

Es herrschte überall eine fürchterliche und höchst ungewöhnliche Stille, und obwohl Lettys Sinne auf wundersame und schmerzhafte Weise alarmiert waren, konnte sie nicht das geringste Geräusch von irgendeinem der Räume am Treppenabsatz ausmachen.

Die Nacht war absolut ruhig, kein Hauch eines Windes, kein Rascheln der Blätter, kein Schlagen von Efeu am Fenster, dennoch schwang die Tür in ihren Angeln zurück und krachte rasant zu.

Letty fühlte, dass dies das Werk übernatürlicher Kräfte war. Sie war in voller Erwartung, dass dieses Geräusch die Köchin aufgeweckt hatte, die – so wie sie behauptete – einen leichten Schlaf hatte. Voller Aufregung würde sie hören, dass sie aus ihrem Bett aufgestanden war und laut rufen. Letty war überzeugt, dass das geringste Geräusch den Bann brechen würde, der sie gefangen hielt. Aber die gleiche, ungebrochene Stille hielt an.

Ein plötzliches Rascheln ließ Letty angstvoll auf das Bett schauen und sie sah, zu ihrem Schrecken, den Vorhang vor- und zurückschwingen. Krank vor Furcht war sie dazu gezwungen, in kläglicher Hilflosigkeit hinzustarren.

Augenblicklich kam ein kleiner, ein ganz kleiner Moment, als sich die weiße Staubschutzdecke lüftete, und darunter sah Letty die Umrisse einer, wie sie meinte, menschlichen Gestalt, die langsam Formen annahm.

Hoffend, betend, dass sie sich irrte und dass das, was sich auf dem Bett abspielte, ihrer Einbildung entsprungen war, starrte sie weiter in qualvoller Erwartung. Die Figur aber blieb, ausgestreckt in voller Länge eines Körpers.

Langsam vergingen die Minuten, eine Kirchenglocke schlug zwei Uhr und der Körper bewegte sich. Lettys Kinnlade kam herunter, ihre Augen fielen ihr fast aus dem Kopf, während sich ihre Finger krampfhaft die Falten ihres Nachthemds umschlossen. Der unverkennbare Klang von Atmen kam nun direkt aus dem Bereich des Bettes, und die Staubschutzdecke begann langsam zur Seite zu rutschen.

Zentimeter um Zentimeter bewegte sie sich, bis Letty zuerst einige schwarze Haarsträhnen wahrnahm, dann ein paar mehr, dann ein dickes Büschel, dann etwas Weißes und Glänzendes – eine hervorstehende Stirn; dann dunkle, sehr dunkle Augenbrauen; dann zwei Augenlider, gelb, angeschwollen und glücklicherweise fest geschlossen; dann – eine violette Zusammenballung, von der Letty nicht wusste, was es war – von irgendetwas nicht menschlichem.

Der Anblick war so grässlich und bestürzend, dass sie von solch einer Furcht und Abstoßung erfasst wurde, für welche die Sprache der Sterblichen keinen ausreichend beschreibenden Ausdruck hat.

Sie vergaß augenblicklich, dass das, was sie da betrachtete, nur übernatürlich war, sondern betrachtete es als etwas Lebendiges, etwas das einmal ein Kind hätte sein können, ansehnlich und gesund wie sie selbst – und sie hasste es. Es war ein Frevel an der Mutterschaft, ein Schandfleck der Natur, eine schreckliche Diffamierung des Hauses, eine Verschandelung, ein Geschwür, ein Wundbrand.

Es drehte sich im Schlaf um, die Decke wurde zur Seite geschleudert und ein groteskes Objekt, rund, matschig, durchwoben und von lepröser Blässe – ein Ding, welches Letty nur sehr vage mit einer Hand in Verbindung bringen konnte – kam herausgekrochen.

Lettys Magen hob sich; das Ding war bestialisch, anstößig, scheußlich – es sollte nicht leben. Die Idee, es zu töten, schoss ihr durch den Kopf. Überkochend vor Entrüstung und ihr Umfeld absolut vergessend, drehte sie sich um und tastete nach einem Gegenstand um es zu zerschmettern.

Das Mondlicht, das auf ihre nackten Zehen fielt, brachte sie wieder zu Verstand – das Ding auf dem Bett war der Teufel! Obwohl sie als ein Mitglied der Freien Kirche aufgewachsen war, mit einer Verachtung für alles, was in irgendeiner Weise in päpstliche Praktiken verdreht werden könnte, bekreuzigte sich Letty.

Als sie dies tat, verstärkte ein Geräusch draußen im Gang ihren Schrecken. Sie strengte sich sehr an hinzuhören, und der Klang entwickelte sich zu Schritten, sanft, leicht, und verstohlen. Es kam behutsam in Richtung der Tür und Letty fühlte instinktiv, dass es lauschte.

Ihre Spannung war nunmehr so unerträglich, dass sie fast ein Gefühl der Erleichterung hatte, als sie bemerkte, dass sich die Tür langsam – sehr langsam – zu öffnen begann. Ein klein wenig mehr – ein klein wenig mehr – und noch etwas mehr, aber es kam nichts.

Ach! Lettys Herz verwandelte sich in Eis. Noch ein Zentimeter, und ein schattenhaftes Etwas schlüpfte durch und begann sich heimlich über den Fußboden zu winden. Letty versuchte ihr Starren in eine andere Richtung zu wenden, aber sie konnte nicht – eine unwiderstehliche, magnetische Anziehungskraft hielt ihre Augen fest auf das langsam herankommende Gräuel gerichtet.

Als es ein paar Fuß von ihr entfernt innehielt, hatte Betty wieder den Eindruck, es würde lauschen – dem Atmen auf dem Bett lauschen, der schwer und bestialisch war. Dann drehte es sich herum und Betty beobachtete, wie es in den Kleiderschrank kroch.

Danach gab es ein langes und angespanntes Warten. Schließlich sah Letty, wie sich die Tür des Kleiderschranks verstohlen öffnete, und die Augen aus dem Keller – unaussprechlich bösartig und glänzend wie polierter Stahl im starken, phosphoreszierenden Glitzern des Mondes – spähten heraus, nicht auf sie gerichtet, sondern durch sie hindurch, auf das Objekt, das auf dem Bett lag.

Sie sah diesmal nicht nur die Augen, sondern auch einen Umriss, wage, verschwommen und unregelmäßig, aber dennoch in einer Form, der es Letty ermöglichte, in dieser eine Frau zu erkennen, groß und schlank, ohne jedwede Haare, was in einer höchst schrecklichen Weise die gespenstige Natur unterstrich.

Mit einer schlangenartigen Bewegung glitschte dieses teuflische Ding aus dem Kleiderschrank, und, an Letty vorbeigleitend, näherte es sich dem Bett. Letty war gezwungen, alles zu verfolgen. Sie sah, wie das teuflische Ding flink das Kissen unter dem schlafenden Kopf ergriff; sie bemerkte das Funkeln höllischer Zufriedenheit in seinen Augen, als es das Kissen niederdrückte, und beobachtete, wie die Umrisse der ermordeten Kreatur schwächer und schwächer wurden, bis sie schließlich ganz verschwanden.

Dann verließen die Augen den Raum, und von weit her, irgendwo unterhalb, in den abgründigen Kellern des Hauses, kam ein Geräusch, als würde man graben – schwach, sehr schwach, aber zweifelsfrei, als würde man graben.

Das beendete das grausame, geisterhafte Drama, zumindest für diese Nacht, und Letty, kalt bis auf die Knochen, aber durch und durch wach, floh in ihr Zimmer. Sie verbrachte die wenigen verbliebenen Schlafstunden hellwach und beschloss, niemals mehr zu Bett zu gehen, ohne einen ihrer Arme an den eisernen Klammern festzubinden.

Was die Geschichte des Hauses anbelangt, erfuhr Letty nichts Bemerkenswerteres, als dass vor langer Zeit ein geistig behindertes Kind im Spukzimmer ermordet wurde – von wem sagt die Überlieferung nicht.

Der Admiral und seine Familie haben Pringle's Manison in dem Jahr verlassen, in dem Letty das Kindermädchen von Miss South wurde. Da niemand im Haus bleiben wollte, wahrscheinlich wegen des Spuks, wurde es abgerissen und ein ziemlich geschmackloses Bauwerk wurde an seine Stelle gesetzt.

In den schottischen Highlands, Friedrich Wilhelm Kayl (1813 – 1871)

Fall III

Die springende Figur des ___ Hauses nahe der Buckingham Terrasse in Edinburgh

Es gibt niemanden, der mehr an der Ermittlungsarbeit des Übersinnlichen interessiert ist, als Miss Torfrida Vincent, eine der drei wunderschönen Töchter von Mrs. H. de B. Vincent, eine Freundin von mir, die selbst noch in der Blütezeit ihres Lebens steht. Torfida ist eine der lieblichsten Damen aus der Gesellschaft, die ich je getroffen habe. Obwohl ich ihre Schwestern schon einige Jahre kannte, traf ich sie erstmals vor einigen Monaten, als sie die Pflege ihrer Mutter überwachte, die gerade eine Blinddarmoperation hatte.

Eines Tages, als ich meine wiedergenesene Freundin besuchte, erzählte mir Torfrida, dass sie ein Haus in Edinburgh kannte, in dem es spuken soll, ein Fall, von dem sie sicher war, dass er mein Interesse und meinen Enthusiasmus wecken würde. 'Es ist leider so', fügte sie hinzu, 'dass ich Ihnen nicht die Nummer des Hauses sagen kann; aber da ich mein Ehrenwort gegeben habe, diese niemals und niemandem preiszugeben, bin ich sicher, dass sie mir dies entschuldigen.'

In der Tat ist es so, dass die Gordons, welche mir dieses Versprechen abgenommen haben, bedauerliche Probleme mit ihrem Vermieter hatten, da sie das Haus mit der Aussage verließen, es würde dort spuken, und er daraufhin angedroht hat, sie wegen Rufschädigung zu verklagen.'

Das betreffende Haus kann nicht als antik bezeichnet werden. Es ist vielleicht achtzig Jahre alt – vielleicht ein wenig älter – und war zu der Zeit, über die ich spreche, in separaten Wohneinheiten vermietet.

Die Gordons hatten das zweite Stockwerk bewohnt; das über ihnen stand leer und wurde als Lagerplatz für Möbel benutzt; der erste Stock und das Erdgeschoss waren in einzelne Zimmer und Büros aufgeteilt.

33

Sie waren nicht mehr als eine Woche in ihrem neuen Quartier, als Mrs. Gordon den Nachtportier fragte, wer das sei, der so einen Krach machte und zwischen zwei und drei Uhr am Morgen die Treppen hinaufrannte. Sie sagte ihm, dass sie davon jede Nacht aufgewacht war und sehr erfreut darüber wäre, wenn diese Störungen abgestellt werden könnten.

'Es tut mir leid, gnädige Frau aber ich kann mir nicht vorstellen, wer das sein könnte', antwortete der Mann. 'Es könnte natürlich jemand bei ihnen nebenan sein, Geräusche täuschen oft sehr, niemand bewohnt die Räume über ihnen.' Aber Mrs. Gordon war davon nicht zu überzeugen und entschloss sich beim Eigentümer zu beschweren, sollte das wieder passieren.

In der gleichen Nacht passierte nichts, aber die Nacht danach wurde sie um zwei Uhr morgens aus ihrem Schlaf aufgescheucht, mit dem Gefühl, dass da gerade etwas Grausiges, eine entsetzliche Katastrophe, stattfand. Das Haus war sehr ruhig, und nichts außer dem weit entfernten Echo einer Polizeistreife, draußen auf dem harten Pflaster, störte die generelle und die, wie es ihr erschien, unnatürliche Stille.

Im Allgemeinen gibt es nachts Geräusche, die für einen selbst zu unerheblich sind, um sie am Tag wahrzunehmen – das Knarren von Treppen (fast alle Treppe tun das) und das Klopfen von Blättern (natürlich) an den Fenstern.

Wer hat solche Geräusche noch nicht gehört und wer, in seinem Innersten, war sich nicht darüber im Klaren, dass sie nächtliche Erscheinungen sind? Die Schatten des Abends bringen Besucher mit sich; neugierige, eigenartige Besucher, finstere und gespenstische Besucher, graue, geisterhafte Besucher, Besucher aus einer scheinbar denkwidrigen Welt, völlig unbegreiflich.

Mrs. Gordon glaubte nicht an Geister. Sie spöttelte über die Ideen von Geistern. Wie so manche Möchtegernschlaumeier, unvernünftig mutig am Tag und genau das Gegenteil bei Nacht, hatte sie bisher Todesfeen und Ähnliches, Katzen und anderen Tieren zugeordnet.

34

Aber nun – nun da alles dunkel war – stockdunkel und still – war sie, nach allem, was sie gegenteilig wissen sollte, die einzige in diesem großen, weitläufigen Gebäude, die wach war. Sie dachte in ihrem Kopf, wieder und wieder, über dieses Hinaufrennen, die Treppe hoch, nach. War es der Wind?

Es konnte nicht der Wind sein. Der Wind schließt Türen, rüttelt die Fenster und stöhnt und ächzt und heult und kreischt, aber er läuft nicht in Stiefeln im Haus herum, genauso wenig machen dies Ratten! Und wenn sie sich diese Geräusche eingebildet hat, warum stellte sie sich nicht andere Dinge vor, warum – zum Beispiel – sah sie keine Tische tanzen oder Teekocher herumlaufen?

All dies wäre originell, richtig originell, und wenn sie eine Absurdität heraufbeschworen hatte, warum nicht auch eine andere? Das war doch rätselhaft für einen Skeptiker.

So argumentierte sie, natürlich und logisch, in einer sehr vernünftigen Art eines Anwalts oder eines Wissenschaftlers, doch die ganze Zeit über sagten ihre Sinne, dass die Atmosphäre des Hauses einem zutiefst subtilen Wandel ausgesetzt war – einem Wandel, den zugleich eine finstere und feindliche Art umgaben.

Sie streckte die Hand aus, um eine Kerze anzuzünden und eine ihrer Töchter aufzuwecken – am liebsten Diana, denn Diana wäre diejenige, die sich am wenigsten darüber aufregen würde, gestört zu werden, und sie hatte die stärksten Nerven.

Sie machte einen Anfang, hob die Bettdecke an, welche sie immer fest um sich herum eingeklemmt hatte, und steckte eine zitternde Zehe heraus. Im nächsten Moment zog sie sie zurück mit einem etwas ängstlichen Atemzug. Die kalte Dunkelheit um sie herum gab ihr das Gefühl einer lüsternen Hand, unförmig und mörderisch, die auf der Lauer lag, um nach ihr zu greifen.

Eine tierische Übelkeit überkam sie, und sie legte sich zurück aufs Kissen. Ihr Herz schlug mit ungeheurer Unregelmäßigkeit und Stärke.

Sehr langsam erholte sie sich, hielt ihren Atem an und glitt zu der entfernten Ecke des Bettes. Mit einer geschickten Bewegung, die durch die Verzweiflung und Angst hervorgerufen wurde, streckte sie ihre Hand blitzartige in Richtung der elektrischen Klingel aus. Ihr zarter, rosafarbener Finger verfehlte das Ziel. Er kam heftig mit der Wand in Berührung, und der sorgfältig lackierte Fingernagel wurde verbogen.

Sie biss sich auf die Lippen, um einen Aufschrei des Schmerzes zu unterdrücken, zog sich in die Falten ihres zierlichen, mit Spitzen verzierten Nachthemds zurück und gab sich der Verzweiflung preis.

Ihre Wahrnehmung für die Anwesenheit des Unbekannten nahm zu, und sie fühlte instinktiv, wie das Ding durch die verschlossene Tür ging, nach draußen auf die Galerie und dann, mit lautem Geklapper, die Treppe hinaufrannte, in den direkt oberhalb liegenden Abstellraum. Unmittelbar danach fing es an, rückwärts und vorwärts über den Boden zu springen, so als wären die Füße zusammengebunden.

Nachdem dies eine halbe Stunde lang so ging, hörten die Geräusche abrupt auf und es kehrte wieder die gewohnte Ruhe im Haus ein. Beim Frühstück fragte Mrs. Gordon ihre Töchter, ob sie in der Nacht irgendetwas gehört hätten und lachend sagten sie: 'nein, nicht einmal eine Maus!'

Es gab nun eine Unterbrechung von den Störungen und für etwa einen Monat keine weiteren Ereignisse dieser Art. Diana schlief an diesem Tag in dem Zimmer von Mrs. Gordon. Diese war fort zu einem Besuch bei Lady Voss, die eine Party für ihre Freunde in ihrem Jagdhaus in Argyle gab.

Eines Abends, als Diana auf dem Weg zu ihrem Schlafzimmer war, um sich für das Abendessen vorzubereiten, sah sie, wie die Tür plötzlich aufschwang und etwas, sie konnte nichts sagen was, da es so verschwommen und unklar war, kam mit einem Satz heraus.

Es schoss an ihr auf der Galerie vorbei und rannte mit so viel Gepolter die Treppe hoch, dass Diana – obwohl sie nichts sehen konnte – den Eindruck hatte, es müsste schwere Holzfällerstiefel an den Füßen haben.

Es war so eine große Neugier in ihr, trotz ihrer großen Furcht, dass Diana hinter ihm herrannte. Als sie im oberen Stockwerk angekommen war, hörte sie, wie es einen schrecklichen Krawall machte, in dem Raum, der direkt über dem lag, in dem sie zurzeit schlief.

Jedoch, keinesfalls abgeschreckt, kam sie mutig näher. Sie riss die Tür auf und sah die durchsichtige Gestalt, die vor einer schemenhaften und sehr antiken Standuhr mit Acht-Tage-Werk stand und wohl im Begriff war, diese aufzuziehen.

Nun bekam sie doch richtig Angst. Was war das für ein Ding? Und, angenommen es würde sich nach ihr herumdrehen, was würde sie sehen? Sie war völlig von ihren Schwestern und den Dienern getrennt – alleine – das Licht schwächer werdend – in einem großen, düsteren Raum, voll mit seltsamen alten Möbeln, die Versteckmöglichkeiten für alle Arten von düsteren Sachen boten.

Sie war sich nun sicher, dass das Ding, dem sie gefolgt war, nichts Menschliches hatte, es war aber auch keine Illusion, denn als sie die Augen schloss und wieder öffnete, war es noch da und – seltsamerweise – war es nun deutlicher, als sie es unten auf der Treppe gesehen hatte.

Ein merkwürdiges Gefühl der Hilflosigkeit überkam Diana; die Kraft zu sprechen verließ sie, ihre Gelenke wurden schwer. Auch war sie so mit Angst erfüllt, dass sie die Aufmerksamkeit dieses mysteriösen Dings auf sich ziehen könnte, dass sie kaum in der Lage war zu atmen, und jeder Herzschlag ließ ihr kalte Schauer des Unbehagens über den Rücken laufen.

Einmal erlitt sie Qualen, wegen des verrückten Verlangens, niesen zu müssen, und einmal öffneten sich ihre Lippen, fast bereit zu schreien, als etwas Verdächtiges ihre Wade kitzelte, wie die Fühler eines großen Käfers, den sie später als schwarzer Moderkäfer identifizieren konnte.

Sie dachte auch, dass allerlei eigenartige Gestalten im Gang hinter ihr lauerten und dass unzählige unsichtbare Augen heimtückisch über ihre Angst frohlocken würden.

Schließlich schien der Höhepunkt ihrer Spannung gekommen. Das unbekannte Ding, bis jetzt zu beschäftigt mit der Uhr, um von ihr Notiz zu nehmen, machte für einen Moment eine Pause, so, als wäre es unentschlossen, was als Nächstes zu tun wäre. Nun begann es sich langsam umzudrehen.

Jetzt jedoch, brach das entfernte Echo einer Stimme, die ihren Namen rief, den Bann, der Diana an den Fußboden gefesselt hatte, und mit einem verzweifelten Satz war sie über die Türschwelle hinweg.

Dann raste sie wie wild die Treppe hinunter, ohne Halt, bis sie das Esszimmer erreichte, wo sie auf dem Sofa niedersank. Mehr tot als am Leben, hechelte sie die Geschichte und alles was sich ereignete heraus und erzählte alles ihren Schwestern.

In dieser Nacht teilte sie sich das Schlafzimmer mit einer ihrer Schwestern, aber beide konnten kein Auge zutun.

Ab diesem Zeitpunkt bis zur Rückkehr von Mrs. Gordon passierte nichts mehr. Es war an einem Abend, nach ihrer Rückkehr, als sie sich bereit machte ins Bett zu gehen, dass sich die Tür zu ihrem Zimmer unerwartet öffnete.

Auf der Türschwelle sah sie die unverwechselbare Gestalt eines Mannes, klein gewachsen und breit, mit sehr weiten Schultern und sehr langen Armen. Bekleidet war er mit einem Parka, blauen Wollhosen und Stiefel. Er hatte einen großen, runden, groben Kopf, der mit einem Wust von gelbem Haar bedeckt war, aber wo sein Gesicht sein sollte, war nur ein Fleck.

Dies alles unterstrich Mrs. Gordons Feststellung, dass er eine Ähnlichkeit mit etwas hatte, das teuflisch rachsüchtig und unermesslich böse ist.

Jedoch, trotz des Schreckens, den diese Erscheinung erzeugte, wurde ihre Aufmerksamkeit auf zwei Objekte gelenkt, die er in der Hand mit sich trug. Eines davon sah aus wie ein sehr bizarres Bündel von roten und weißen Lumpen und das andere wie eine kleine Blase mit Schweineschmalz.

Während sie auf diese mit stummem Staunen starrte, schwenkte er herum, klemmte sie unter seine Achseln und hetzte über die Galerie. Dann, mit einer Reihe von affenartigen Sprüngen, hüpfte er die Treppe hoch und verschwand in der Dunkelheit.

Das war genug. Mrs. Gordon fühlte, dass sie keine weitere solche Begegnung überleben würde. Obwohl sie die Wohnung für ein Jahr angemietet hatte und gerade erst eingezogen war, packte sie ihre Sachen und ging schon am nächsten Tag.

Die Meldung, dass es in diesem Haus spuken würde, verbreitete sich rasch, und Mrs. Gordon bekam viele Briefe der Empörung vom Hausbesitzer.

Sie stelle natürlich Nachforschungen bezüglich der frühen Geschichte des Hauses an, aber von den vielen Berichten, die sie sich anhörte, gab es nur einen, dessen Authentizität sie aber nicht garantieren konnte, der aber Aufschluss über den Spuk zu geben schien.

Es wurde gesagt, dass ein Kapitän der Handelsmarine im Ruhestand viele Jahre vorher die Räume angemietet hatte, in denen sie wohnte. Er war ein außergewöhnliches Individuum und, trotz der Tatsache, dass er so weit landein wohnte, hätte er nie etwas anderes getragen als Seemannskleidung – blaue Pullover und Hosen, Seemannsjacke und Stiefel.

Aber das war nicht seine einzige Eigentümlichkeit. Seine Liebe zum Grog, die ihn schließlich ins Delirium tremens fallen ließ und seine exzessive Reizbarkeit, in den Intervallen zwischen den Anfällen, war eine Quelle des Unbehagens für jeden, der in Kontakt mit ihm kam.

Zu dieser Zeit gab es ein Kleinkind in den Räumen über ihm, dessen Schreien den Kapitän so gereizt hatten, dass er die Mutter in barbarischer Weise darüber informierte, dass er nicht mehr verantwortlich für die Konsequenzen sei, wenn sie es nicht stillhalten konnte.

Da seine Warnungen keine Wirkung hatten, raste er eines Tages, als die Mutter nicht anwesend war, die Treppe hinauf, nahm das Küchenmesser vom Tisch und enthauptete das Kind. Er stopfte dann beides, den Kopf und den Körper in die Standuhr, die in der Ecke des Raums stand. Er ging dann zurück in sein eigenes Quartier und trank, bis er bewusstlos war.

Natürlich wurde er festgenommen und wegen Mordes angeklagt. Da er aber für verrückt erklärt wurde, kam er, während der Gnade seiner Majestät, in eine Irrenanstalt.

Er beging schließlich Selbstmord, indem er eine Arterie in seinem Bein mit einem seiner Fingernägel öffnete.

Da die Einzelheiten dieser Tragödie so gut zu den erlebten Phänomenen passten, konnten die Gordons nicht anders, als dies für die wahrscheinliche Erklärung für den Spuk anzunehmen. Aber denken Sie dran, die Glaubhaftigkeit ist nicht gewährleistet.

Schottische Landschaft, Robert Kummer (1810-1859)

Fall IV
Jane aus der George Street in Edinburgh

Vor kurzem schrieb einer meiner Korrespondenten: Die Nachricht, dass die George Street in Edinburgh, jedenfalls seit einigen Jahren, vom Spuk heimgesucht wurde, dürfte für einige der dortigen Bewohner keine große Überraschung sein.

Und mein Freund fuhr fort, seine diesbezüglichen Erfahrungen zu erzählen. Ich tue dies aus dem Gedächtnis heraus, da ich den Brief törichterweise vernichtet habe:

Unlängst ging ich gemächlich die George Street entlang, Richtung Strunalls, wo ich mir meine Zigarren holte. Ich kam gegenüber der Nummer ___ an, als ich plötzlich, direkt vor mir, eine Lady mit einer bemerkenswert anmutigen Figur bemerkte. Sie war mit einem Kostüm bekleidet, welches, selbst einem Modeignoranten wir mir, als ziemlich aus der Mode gekommen schien.

Von mir hier amateurhaft beschrieben, bestand es aus einem dunkelblauen Mantel und einem Rock, der mit einer schwarzen Borte besetzt war. Der Mantel hatte einen sehr hohen Kragen, der, umgekrempelt, ein Futter aus blauem Samt zeigte; die Ärmel waren an den Schultern sehr dick, und ein Band, ebenfalls aus blauem Samt, hielt ihn eng an der Taille zusammen.

Außerdem trug sie, wie ich es noch bei keiner anderen Lady vorher gesehen hatte, einen kleinen Hut, von dem ich später erfuhr, dass er eine Haube war, mit einem weißen und einem blauen Federbusch, die an der Seite, nicht allzu hoch, angesetzt waren. Die einzigen anderen, auffälligen Kleidungstücke, im Eindruck insgesamt harmonisch, waren weiße Glacéhandschuhe, über die goldfarbene Kandaren-Armbänder mit unzähligen Anhängern baumelten. Dazu Schuhe aus Lackleder mit silbernen Schnallen und hohen Louis XV Absätzen, sowie feine, durchbrochene, blaue Seidenstrümpfe. So viel zu ihrer Kleidung.

41

Nun zu ihr selbst: Sie war eine außergewöhnlich schöne Frau, mit sehr hellem, gelblichen Haar und auffallend weißer Hautfarbe, und es war diese letztere Eigenschaft, welche mich so beeindruckte, sodass ich meinen Gang beschleunigte, in der Absicht, einen kompletten Anblick von ihr zu bekommen.

Ich überholte sie mit schnellen Schritten, schaute zurück, und als ich dies tat, durchfuhr mich ein kalter Schauer – das, auf was ich schaute, war das Gesicht des Todes. Sofort verlangsamte ich meine Schritte und ließ sie vorgehen.

Ich beobachtete nun, aufsehenerregend wie sie war, dass sie niemand sonst wahrnahm. Offensichtlich schauderten, wohl unbewusst, ein oder zwei Leute im Besitz übernatürlicher Fähigkeiten, aber da sie weder ihre Schritte verlangsamten, noch sich herumdrehten, um einen zweiten Blick zu erhaschen, schloss ich daraus, dass sie sie nicht gesehen hatten. Ohne sich nach links oder rechts umzudrehen, ging sie zügig weiter, an Moltons Konditorei und Perrins Hutmacherladen vorbei.

Einmal dachte ich, sie würde anhalten und die Straße überqueren, aber nein – sie ging weiter und weiter und weiter, bis wir an die D___ Straße kamen. Hier machten wir uns bereit über die Straße zu gehen, als ein älterer Herr gezielt in sie hineinlief.

Ich erwartete fast, ihn zu hören, wie er sich entschuldigte, aber natürlich passierte nichts dergleichen; sie war nur zu offensichtlich ein Phantom und, gemäß der Natur eines Phantoms, ging sie direkt durch ihn hindurch.

Ein paar Meter weiter hielt sie plötzlich an und dann, mit einer leichten Neigung ihres Kopfes, so als meinte sie, ich sollte folgen, glitt sie in eine Apotheke hinein. Sie war bestimmt keine zwei Meter vor mir, als sie durch die Tür ging, und ich war sogar noch näher an ihr dran, als sie plötzlich verschwand und dann vor der Theke stand.

Ich fragte später den Apotheker, ob er mir etwas über die Lady sagen konnte, die gerade in den Laden hereingekommen war, aber er drehte sich nur weg und lachte.

'Lady!'", sagte er, 'von was reden Sie da? Sie sind etwas neben der Spur. Wir haben nicht den 1. April, was wollen Sie?'

Ich kaufte eine Flasche Formamint Halstabletten und drehte mich zögerlich und mit Bedauern weg. In dieser Nacht träumte ich, dass ich ihren Geist wieder gesehen hatte. Ich folgte ihr die George Street hinauf, so wie ich es in der Realität getan hatte. Als wir aber zur Apotheke kamen, drehte sich flugs herum. 'Ich bin Jane', sagte sie mit hohler Stimme. 'Jane! Nur Jane!', und mit diesem Namen, der in meinen Ohren klang, wachte ich auf.

Einige Tage vergingen, bevor ich wieder in der George Street war. Das Wetter hatte sich in der Zwischenzeit verändert, eine dieser plötzlichen und heftigen Veränderungen, die so charakteristisch für das schottische Klima sind. Die Himmelspforten hatten sich geöffnet und der Regen kam herunter wie ein Wasserfall.

Die wenigen Fußgänger, denen ich begegnete, waren in Regenmäntel gewickelt und trugen große Schirme, die der Regen durchdrang und von denen er an jeder Stelle herunterlief. Alles war nass – überall war Matsch. Das Wasser klatschte nach oben, kam durch die Oberseite der Stiefel und verwandelte meine Hosen in durchweichte Säcke.

Manch ein Wetter ist nicht für Hunde geeignet, aber dieses Wetter war selbst für Wasserfrösche ungeeignet – selbst Fischen wäre das zu viel, und sie würden in ihren Höhlen bleiben.

Jetzt stellen Sie sich diese Anomalie vor! Mitten in diesem Wasserinferno, diesem glitschig-schlammigen, dreckübersäten Inferno, eine blitzsaubere, blaue Erscheinung, ohne Regenkleidung oder Schirm. Ich meine damit Jane.

Sie tauchte plötzlich vor mir auf, in dem Moment, als ich an den Räumlichkeiten der Ladys' Teegesellschaft vorbeiging. Sie schaute genauso aus, wie ich sie zum ersten Mal sah – wie aus dem Ei gepellt und – trocken. Ich wiederhole das Wort – trocken – da es das war, was mich am meisten faszinierte.

Trotz des Wolkenbruchs hatte sie kein Tropfen berührt – die Federn an ihrer Kappe waren prächtig aufgestellt und gekräuselt, ihre Schuhschnallen funkelten, ihre Lackederschuhe waren fleckenfrei, während der Stoff des Kleides, so wie auch ihres Mantels, so glänzend aussah, als hätte man sie gerade erst in Keeleys Kaufhaus erworben.

Gespannt darauf, einen weiteren Blick auf ihr Gesicht zu werfen, beschleunigte ich meine Schritte, schoss an ihr vorbei und starrte direkt in ihr Antlitz. Das Ergebnis war ein echter Schock. Das Grauen, das ich sah – das gespenstige Grauen ihres toten, weißen Gesichtes – ließ mich über den Bürgersteig taumeln. Ich ließ sie passieren und, angetrieben von einer makabren Faszination, folgte ich in ihrem Kielwasser.

Vor dem Juwelierladen stand eine Pferdekutsche – eine ziemliche Kuriosität in diesen Tagen der Motorisierung – und als Jane vorbeiglitt, scheute das Pferd. Ich habe niemals ein Tier gesehen, das so in Schrecken versetzt war.

Wir gingen weiter und hielten an der nächsten Kreuzung an. Ein Polizist hatte die Hand oben und beobachtete den Verkehr. Sein Blick fiel auf Jane – die Wirkung war elektrisierend. Seine Augen traten hervor, seine Wangen wurden weiß, seine Brust hob sich, seine Hand fiel herunter, und er wäre ohne Zweifel umgefallen, hätte es da nicht einen guten Samariter gegeben, in der Gestalt eines nicht mit übersinnlichen Fähigkeiten versehenen Kneipenbummlers, der ihn auffing.

Jane war nun nahe an der Apotheke und mit einem Seufzer der Erleichterung sah ich sie hineingleiten und verschwinden.

Hätte ich anfangs überhaupt noch Zweifel haben können, dass Sie etwas Übernatürliches war, gab es jetzt sicherlich keine mehr. Der Anfall von Furcht des Polizisten und das Scheuen des Pferdes waren Tatsachen. Was hatte das ausgelöst? Ich allein wusste es – und ich wusste es mit Bestimmtheit – es war Jane.

Beide, der Mann und das Pferd, sahen, was ich sah. Folglich war das Phantom nicht eingebildet, es war keine Illusion, es war die authentische Erscheinung eines Geistes – ein Besucher aus der anderen Welt – die Welt der erdgebundenen Seelen.

Jane faszinierte mich. Ich machte endlose Recherchen in Verbindung mit ihr, und, als Antwort auf eine meiner Fragen, wurde mir mitgeteilt, dass vor achtzehn Jahren – das heißt, als die Bekleidung von Jane in Mode war, eine Schneiderin namens Bosworth ihren Laden in der heutigen Apotheke hatte.

Ich trieb die Adresse von Miss Bosworth auf und besuchte sie. Sie hatte sich vom Geschäft zurückgezogen und lebte in der St. Michael's Road in Bournemouth.

Ich kam direkt zur Sache: 'Können Sie mir irgendwelche Informationen über eine Lady geben, deren Vornamen Jane war?', fragte ich.

'Das ist etwas vage!', sagte Miss Bosworth. 'Ich habe ziemlich viele Leute mit dem Namen Jane in meinem Leben getroffen.'

'Aber keine mit dem Namen Jane, die bleiches gelbes Haar hatten, mit weißen Augenbrauen und Augenwimpern!' Ich beschrieb sie ihr im Detail.

'Woher wissen Sie etwas über sie?', sagte Miss Bosworth nach einer langen Pause.

'Weil', antwortete ich mit einer gewissen, mir eigenen Langsamkeit und Bedächtigkeit, 'weil ich ihren Geist gesehen habe!'

Natürlich wusste ich, dass Miss Bosworth keine Skeptikerin war – schon von dem Moment an, wo meine Augen sie erblickten, sah ich, dass sie eine übersinnliche Wahrnehmung hatte, und dass das Übernatürliche oft um sie herum war. Dementsprechend war ich nicht im Mindesten überrascht, als ich den Ausdruck ihres Schreckens sah.

'Was", rief sie aus, 'ist sie immer noch da? Ich dachte, sie wäre schon längst zur Ruhe gekommen.'

'Wer war sie?', fragte ich. 'Kommen Sie – Sie müssen keine Angst vor mir haben. Ich bin nur aus einem Grund hier hergekommen, da mich das Okkulte immer interessiert hat.'

'Wer war Jane und warum sollte ihr Geist die George Street heimsuchen?'

'Es passierte schon vor einigen Jahren', antwortete Miss Bosworth. 'Im Jahre 1892, in Beantwortung einer Anzeige, die ich in einer der Tageszeitungen gesehen hatte, setzte ich mich mit einer Miss Jane Vernelt in Verbindung – Fräulein Vernelt nannte sie sich – die eine Kostümschneiderei in der Georges Street betrieb, in genau dem Gebäude, in welchem nunmehr die Apotheke ist, die Sie erwähnt haben.'

'Das Geschäft stand zum Verkauf und Miss Vernelt wollte dafür einen großen Betrag. Jedoch, da ihre Bücher einen sehr zufriedenstellenden jährlichen Anstieg von Einnahmen zeigten, mit Kunden, die eine Herzogin und andere führende Damen der Gesellschaft einschlossen, betrachtete ich dies als eine einigermaßen sichere Transaktion, und wir wurden uns handelseinig.'

'Innerhalb einer Woche konnte ich das Geschäft betreiben, und genau einen Monat, nachdem ich es übernommen hatte, war ich sehr erstaunt, einen Besuch von Miss Vernelt zu erhalten.'

'Sie kam in den Laden, völlig neben sich vor Aufregung. 'Es ist alles ein Fehler!', kreischte sie. 'Ich wollte es nicht verkaufen. Ich kann mit dem Vermögen nichts anfangen. Lassen Sie es mich zurückkaufen!'

'Ich hörte ihr höflich zu und teilte ihr dann mit, dass ich, nachdem ich alle die Mühen auf mich genommen hatte das Geschäft zu übernehmen und bereits erfolgreich expandiert habe, sicherlich keine Absicht hätte, es wieder zu verkaufen – zumindest nicht für einige Zeit.'

'Nun, sie benahm sich wie eine Wahnsinnige, und am Ende hatte sie einen solchen Tumult veranstaltet, dass ich meine Assistenten rufen musste, um sie hinauszuwerfen.'

'Danach hatte ich für sechs Wochen keine Ruhe. Sie kam jeden Tag, zu jeder Zeit, sodass ich am Schluss gezwungen war, rechtlich Schritte zu unternehmen.'

'Ich hatte dann entdeckt, dass ihre Sinne völlig verstört waren und dass sie schon für viele Monate an einer Aufweichung ihres Gehirns gelitten hatte. Ihre medizinischen Ratgeber hatten sie, so wie es schien, gewarnt und dazu geraten, ihr Geschäft aufzugeben und sich die Obhut von vertrauenswürdigen Freunden oder Verwandten zu begeben, die auch dafür Sorge tragen würden, dass ihr Geld in geeigneter Weise investiert würde.'

'Sie hatte die Dinge hinausgezögert, und als sie sich dann schließlich dazu entschlossen hatte, sich zurückzuziehen, hat die Aufregung, die aus einer solch großen Veränderung resultiert, die Krankheit beschleunigt und genau drei Wochen nach dem Verkauf ihres Geschäftes, wurde sie ein Opfer einer Einbildung, dass sie ruiniert sei.

Diese Einbildung wurde immer ausgeprägter, so wie ihre Krankheit zunahm und inmitten ihrer wildesten Delirien zeterte sie herum und wollte in die George Street zurückgebracht werden.'

'Die Geistererscheinungen fingen in der Tat an, noch bevor sie verstarb. Ich sah sie regelmäßig – während ich wusste, dass ihr wirklicher Körper gefesselt war und unter Aufsicht stand. Genau, wie sie beschrieben haben, glitt sie rein und raus aus dem Ausstellungsraum.'

'Für einige Wochen nach ihrem Tod ging es mit den Erscheinungen weiter – dann hörte alles auf und ich habe bis jetzt nie wieder etwas von ihr gehört.'

Wenn ich es recht erinnere, hörte hier der Bericht über den Geist von der George Street auf, aber mein Freund bezog sich, am Ende seines Briefes, wieder darauf.

Seit meiner Rückkehr nach Schottland, schrieb er, habe ich die George Street regelmäßig besucht, fast täglich, aber ich habe Jane nicht gesehen. Ich kann nur hoffen, dass ihr armer, verwirrter Geist schließlich seine Ruhe gefunden hat.

Mit diesem gütigen Gedanken schloss mein Korrespondent seinen Bericht ab.

Fall V
Die blässliche Frau aus der Forrest Road Nr. ___ in Edinburgh

Es gibt eine bestimmte Art von Leuten, gewöhnlich aus der 'sehr mittleren' Mittelschicht, die immer, wenn auch etwas versteckt, nach einer Gelegenheit suche, sich im sozialen Umfeld nach oben zu arbeiten. Wenn sie entdecken, dass diejenigen aus den höheren Sphären der Gesellschaft ein Interesse am Übernatürlichen haben, denken sie, dass sie möglicherweise mit diesen in Kontakt kommen können, wenn sie sich einen lokalen Bekanntheitsgrad in der Erforschung der Parapsychologie erworben haben.

Ich habe oft Post von Schreiberlingen dieser Sorte bekommen (Briefe von echten Glaubensanhängern des Okkulten sind immer willkommen), die vorgeben, dass sie ein großes Interesse an meinen Büchern haben – und mich fragen, ob ich so freundlich wäre, ihnen ein kurzes Interview zu geben oder ihnen gestatten würde, mich in ein vom Spuk heimgesuchtes Haus zu begleiten oder ihnen bestimmte Informationen bezüglich einer Lady soundso zu geben, die sie schon so lange haben wollten.

Gelegentlich wurde ich dazu verleitet dem Schreiber zu gestatten mich zu besuchen und wurde fast immer bitter enttäuscht. Der Hinterlistige – egal wie hinterlistig er ist – kann nicht für lange sein wahres Gesicht verbergen. Entweder hat er sich an das Innerste meiner Familie herangemacht oder hat meinen Nachbarn geschrieben, er sei mein bester Freund, und wenn ich ihm dann in Verzweiflung, die kalte Schulter gezeigt habe, hat er mich scharf in einem lokalen Schmierblatt angegriffen, dessen Eigentümer, Redakteur oder vielleicht einer der dortigen Bürojungen, Teil seiner Clique waren.

Ich habe sogar von einem Fall Kenntnis erlangt, wo solch eine Type durch Tricksereien tatsächlich Zugang zu einem bekanntermaßen vom Spuk heimgesuchten Haus erlangte.

Von den Eigentümern – eine Familie, die er schon lange beobachtete, aufgrund von Motiven, die alles andere als mit einem Interesse am Übernatürlichen verbunden waren – hat er das Geheimnis und die private Geschichte des Spuks herausgeholt. Dann, als man ihm auf die Schliche kam und er gezwungen war, zu sehen, dass seine Freundschaft unerwünscht ist, hat er, aus Rache für die Kränkung, die Tatsachen, welche ihm streng vertraulich genannt wurden, unverfroren offengelegt und, durch seinen Einfluss auf den Bodensatz der Presse, einen höchst grellen und reißerischen Bericht verursacht.

Einen solchen Bericht vor Augen, kann es mich nicht überraschen, dass die Besitzer von Familiengeistern und Häusern, in denen es spukt, die größte Zurückhaltung an den Tag legen, wenn sie darauf angesprochen werden, außer denjenigen gegenüber, wo sie sicher sind, dass alles mit der größtmöglichen Geheimhaltung behandelt wird.

Ich habe aber den vorstehend genannten Vertrauensbruch nur deshalb erwähnt, um den Grund für meinen fortwährenden Gebrauch von fiktiven Namen, bezüglich Personen und Plätzen, zu nennen und, nachdem ich dies getan habe (ich hoffe mit dem entsprechenden Erfolg), will ich mit der nun folgenden Geschichte fortfahren:

Miss Dulcie Vincent, von deren Erinnerungen einige in meinem letztes Jahr erschienenen Buch über geisterhafte Erscheinungen erwähnt sind, ist sehr nahe mit Lady Adela Minkon verbunden, die über einen beachtlichen Grundbesitz verfügt, inklusive Nr. ___ Forrest Road in Edinburgh, und um deren in Cowes liegende Jacht sie all diejenigen beneiden, die einmal auf ihr kreuzen durften.

Vor drei Jahren wohnte Lady Adela in der Nr. ___ Forrest Road. Sie hatte gehört, dass es in dem Haus spuken sollte, und war gespannt darauf, dies zu überprüfen. Lady Adela war sehr unvoreingenommen. Sie hatte selbst nie die Erfahrung eines okkulten Phänomens gemacht aber, sehr rational, hatten ihre Nicht-Erfahrungen mit dem Übernatürlichen keinen negativen Einfluss auf ihre Einschätzung der Bekundungen von derjenigen, die erklärten, solcherlei Erscheinungen miterlebt zu haben. Deren Aussagen, so argumentierte sie, hatten die gleiche Glaubhaftigkeit, wie die ihren.

Folglich begann ihr Einzug in das Haus mit vollkommener Unvoreingenommenheit und mit dem Vorsatz verbunden, hier mindestens ein Jahr zu bleiben, um dem Ganzen eine faire Behandlung zu geben. Die Spukerscheinungen, so erklärte sie, waren am größten im letzten Sommer und im frühen Herbst.

Ich denke, es ist unnötig, eine detaillierte Beschreibung ihres Haues zu geben. In seiner Erscheinung unterschied es sich sehr wenig, wenn überhaupt, von den umliegenden Gebäuden; es war vielleicht etwas größer geraten. Das Untergeschoss, in dem die üblichen Küchen und Keller waren, war sehr dunkel und die Atmosphäre – nach Sonnenuntergang am Freitag, nur an Freitagen – war durch den Geruch von feuchtkalter Erde verdorben, entsetzlich feuchtkalter Erde und durch ein süßes und ekelerregendes Etwas, das Lady Adela sehr verwirrte.

Alle Räume im Haus waren von angemessener Größe und freundlich, ausgenommen an diesem bestimmten Abend in der Woche. Eine ausgeprägte Düsternis legte sich über sie und man konnte die fremdartigsten Schattenspiele in den Gängen und Galerien sehen.

'Es könnte Einbildung sein', sagte Lady Adela zu sich selbst, 'nur Einbildung! Und, nach allem, begegne ich nur einem wöchentlichen Menü von aromatischen Gerüchen und leicht zu verdauenden Schatten, mir wird schon nichts passieren.'

Zu dieser Zeit war es aber noch früher Sommer – die übernatürliche Saison würde erst noch kommen. Als die Wochen vergingen, wurden die Schatten und der Geruch immer deutlicher. Anfang August war alles so ausgeprägt, dass Lady Adela nichts anderes denken konnte, als dass diese sowohl feindlich, als auch aggressiv waren.

Ungefähr um 8 Uhr, am Abend des zweiten Freitags im Monat, war Lady Adela absichtlich alleine im Untergeschoss des

Hauses. Besonders die Diener irritierten sie. Wie der größte Teil des heutigen Personals – Produkte der Bezirksgrundschulen – waren diese außerordentlich hochnäsig und dumm, und Lady Adela hatte das Gefühl, dass deren Anwesenheit im Haus ihre Chancen minimieren würde, den Geist zu sehen.

Keine Erscheinung, selbst mit der geringsten Menge an Selbstachtung, konnte es riskieren, mit solch albernen Kreaturen in Berührung zu kommen, weswegen sie alle auf einen motorisierten Ausflug fortschickte und sich ausnahmsweise einmal darüber freute, das Haus für sich allein zu haben. Ein kurioses Vorgehen für eine Lady!, wahrhaftig! Aber dann, Lady Adela war eine Lady, und als eine Lady, ohne Furcht, dass man sie nicht als solche betrachten würde, agierte sie genauso unkonventionell, wie sie es wollte.

Aber halten Sie einen Moment inne, sie war nicht alleine im Haus, sie hatte zwei ihrer Hunde bei sich – zwei wundervolle Doggen, Trophäen ihres letzten Besuches an der Ostsee. Mit solcherlei kolossalen und bestens trainierten Gefährten fühlte sich Lady Adela vollkommen sicher und bereit, einer ganzen Armee von Geistern gegenüberzutreten. Sie reagierte nicht einmal, als sich die Eingangstür zum Untergeschoss schloss, und sie den sonoren Klang des Motors hörte, der die aufgedrehten Stimmen der Diener erstickte und der schwächer und schwächer wurde, bis er nicht mehr zu hören war.

Als das letzte Echo des Gefährts in der Entfernung verschwunden war, machte Lady Adela einen Rundgang durch das Anwesen.

Das Zimmer der Haushälterin gefiel ihr sehr gut – zumindest überredete sie sich dazu. 'Warum, es ist genauso hübsch wie all die anderen Räume auf den oberen Etagen', sagte sie laut vor sich hin, während sie so dastand, mit dem Gesicht auf die verschwindenden Sonnenstrahlen und ihre starke, weiße Hand auf die Ecke des Tisches legte, 'genauso hübsch!'

'Karl und Max, kommt her!', rief sie.

Die Doggen gehorchten ihr nicht mit dem nötigen Anstand – zum ersten Mal in ihrem Leben. Es war etwas im Zimmer, das sie nicht mochten und sie zeigten ihren Unmut, indem sie unwillig durch die Tür schlichen.

'Ich würde gerne wissen, warum das so ist?', grübelte Lady Adela. 'Ich habe nie vorher erlebt, dass sie das getan haben.' Dann wanderten ihre Augen die Wände entlang und kämpften vergeblich damit, die entfernten Ecken des Raums zu erfassen, die plötzlich in Dunkelheit getaucht waren.

Sie versuchte, sich davon zu überzeugen, dass es nur der natürliche Effekt des nachlassenden Tageslichts war und dass sie, wenn sie sich in einem anderen Haus zu dieser Zeit umsähe, das gleiche feststellen würde.

Um zu zeigen, wie wenig sie die Dunkelheit beachtete, ging sie zur dunkelsten Ecke hin und stupste mit ihrer Reitpeitsche gegen die Wände. Sie lachte – da gab es nichts, absolut nichts vor dem man Angst haben müsste, nur Schatten.

Mit einem unbekümmerten Schulterzucken stolzierte sie auf den Gang. Sie pfiff nach Karl und Max, die ihr wieder nicht wie gewohnt auf den Hacken folgten, und inspizierte die Küche.

Am oberen Ende der Kellertreppe hielt sie inne. Die Dunkelheit war nun überall und sie dachte sich, dass es verrückt wäre, sich in solche, Verliesen ähnlichen Räumen zu wagen, ohne ein Licht. Sie fand dies und, bewaffnet mit Kerze und Streichhölzern, begann sie nach unten zu gehen.

Es gab mehrere Kellerräume und sie gaben ein dermaßen düsteres und dunkles Bild ab, dass sie instinktiv ihre Röcke fest um sich zog und die schmale Reitpeitsche gegen einen Schürhaken auswechselte. Sie pfiff wieder nach ihren Hunden. Diese antworteten nicht, sodass sie beide ärgerlich bei ihren Namen rief. Aber aus irgendeinem Grund (einem sehr unerklärlichen Grund, sagte sie sich) kamen sie nicht.

Sie zermarterte sich das Hirn, um sich einige Opernmelodien in Erinnerung zu bringen und, obwohl sie jede Menge davon kannte, konnte sie sich nicht an eine einzige erinnern. In der Tat, die einzige Melodie, die zu ihr durchdrang, war eine, die sie verabscheute – ein Varietélied, das sie drei Nächte lang ununterbrochen gehört hatte, als sie mit einer Studienfreundin im Pariser 'Quartier Latin' war.

Sie summte es trotzdem laut vor sich hin und, mit der erleuchteten Kerze in der Hand, ging sie die Treppe hinunter. Unten angekommen, stand sie still und lauschte. Von hoch über ihr kamen Geräusche, die wie das Grollen eines entfernten Gewitters klangen, welches sich aber, bei näherer Prüfung, als das Klappern der Fensterläden herausstellte.

Darin bestärkt, dass sie keinen Grund zur Aufregung hatte, ging Lady Adela weiter. Etwas Schwarzes eilte über die roten Kacheln des Fußbodens und sie schlug danach mit dem Schürhaken. Die Erschütterung verursachte unzählige Echos in den Kellern und rief Legionen von anderen schwarzen Dingern herbei, die mal hierhin und mal dorthin in alle Richtungen schossen. Sie brach in Lachen aus – das waren nur Käfer!

Ihr gegenüber liegend, nahm sie jetzt einen inneren Keller wahr, einer der viel dunkler war als der, in dem sie jetzt stand. Die Decke war sehr niedrig und es schien so, als wäre sie unter einem gewaltigen Gewicht heruntergepresst worden. Als sie unter diese hineinging, erwartete sie fast, dass sie zusammenstürzen und sie begraben würde.

Ein Stück weit vom Zentrum dieses Kellers entfernt hielt sie an, bückte sich nach unten und inspizierte vorsichtig den Boden. Die Fliesen waren zweifelsfrei neuer als anderswo und machten den Eindruck, als hätte man sie vor nicht allzu langer Zeit gelegt.

Die Dunkelheit der Atmosphäre war gewaltig; eine Tatsache, die Lady Adela seltsam vorkam, da der Fußboden, als auch die Wände, außerordentlich trocken erschienen. Um herauszufinden, ob dies auch wirklich der Fall war, bewegte sie ihre Finger über die Wände. Als sie diese wieder weggenommen hatte, fand sie jedoch keine Anzeichen von Feuchtigkeit.

Dann klopfte sie den Fußboden und die Wände ab und konnte keine hohlen Stellen finden. Sie roch die Luft und wurde fast von einer Welle von etwas Süßem und Widerlichen erstickt. Sie nahm ihr Taschentuch heraus und schlug damit wild in der Luft herum, aber der Geruch blieb; sie konnte ihn aber in keiner Weise zuordnen.

Sie drehte sich herum, um den Keller zu verlassen, und die Flamme ihrer Kerze wurde blau. Dann, zum ersten Mal an diesem Abend – in der Tat fast zum ersten Mal in ihrem Leben – hatte sie Angst, so große Angst, dass sie keinen Versuch unternahm, die Gründe hierfür zu suchen; sie verstand nun die Gefühle ihrer Hunde und erwischte sich darüber nachzudenken, wie viel sie wohl wussten.

Wieder rief sie nach ihnen, nicht weil sie dachte, sie würden reagieren – sie wusste nur zu gut, dass sie dies nicht tun würden, sondern weil sie sich Gesellschaft wünschte, und sei es die Gesellschaft ihrer eigenen Stimme. Sie hatte auch die vage Hoffnung, dass sich das, was auch immer mit ihr zusammen im Keller war, nicht so einfach zu erkennen gäbe, wenn sie Lärm machen würde.

Sie war durch den einen Keller hindurch und war schon fast über den Fußboden des anderen hinweg, als sie einen Knall hörte. Die Kerze fiel ihr aus der Hand und das ganze Blut in ihrem Körper schoss zu ihrem Herz. Sie hätte sich nie vorstellen können wie schrecklich es war, solche Angst zu haben. Sie versuchte, sich zusammenzureißen und ruhig zu bleiben, aber sie war nicht länger die Herrin ihrer Glieder.

Ihre Knie schlugen zusammen und ihre Hände zitterten. 'Das waren nur die Hunde', sagte sie zaghaft zu sich selbst. 'Ich werde sie rufen', aber als sie ihren Mund öffnete, war ihre Kehle zugeschnürt – nicht eine Silbe kam heraus.

Sie wusste selbst, dass sie sich belogen hatte und dass ihre Hunde nicht für dieses Geräusch verantwortlich waren. Es war etwas, das sie so noch nie gehört hatte, nichts was sie sich vorstellen konnte und, obwohl sie sich sehr gegen diese

Vorstellung stemmte, konnte sie sich nicht des Eindrucks erwehren, dass dies etwas mit der Sache zu tun haben musste, als sich das Kerzenlicht blau färbte und mit dem süßen, widerlichen Geruch.

Nicht in der Lage einen Schritt zu tun, war sie dazu verdammt, in atemloser Erwartung dem Wiederkehren des Knalls zuzuhören. Ihre Gedanken wurden gespenstisch. Das tiefschwarze Meer der Dunkelheit, welches sie auf jeder Seite umschloss, gab Anlass an jegliche Art von gruseligen Erscheinungen zu glauben, und mit jedem Schlag ihres überlasteten Herzens krabbelte es in ihren Leib.

Ein anderes Geräusch – dieses Mal nicht von einem Knall, nicht halb so laut oder deutlich – richtete ihre Augen in Richtung der Treppe. Etwas stand am oberen Ende und etwas Gespenstisches, wie der schwache, phosphoreszierende Schimmer von Verwesung kam von überall aus ihm heraus, aber was es war, konnte sie bei ihrem Leben nicht sagen. Es konnte die Figur eines Mannes sein, oder einer Frau, oder einer Bestie, oder von etwas, das unaussprechlich feindlich und böse war.

Sie hätte ihre Seele dafür hergegeben, irgendwo anders hinzuschauen, aber ihre Augen waren fest fixiert – sie konnte sie weder wegbewegen, noch schließen.

Für einige Sekunden bleib die Gestalt bewegungslos, und dann, mit einer listigen, raffinierten Bewegung, neigte sie ihren Kopf und kam heimlich und verstohlen die Treppe herunter, ihr entgegen. Sie verfolgte das Herankommen wie in einem schrecklichen Traum – ihr Herz bereit zu zerplatzen, ihr Gehirn am Rande des Wahnsinns. Noch ein Schritt, ein weiterer, noch ein weiterer, bis nur noch drei zwischen ihr und dem Etwas waren, und sie war schon lange nicht mehr in der Lage irgendeine Idee zu entwickeln, was das Ding sein könnte.

Es war klein und gedrungen und erschien zum Teil in ein wallendes Gewand gekleidet zu sein, das nicht lang genug war, um die glitzernden Enden seiner Gliedmaßen zu bedecken. Wegen der allgemeinen Erscheinung und der verhedderten

Menge von Haaren, welches über den Hals und die Schulter fiel, schloss Lady Adela, dass es das Phantom einer Frau war.

Der Kopf war immer noch nach unten geneigt, sodass sie nicht in der Lage war, das ganze Gesicht zu sehen, aber jeden Moment erwartete sie, dass die Enthüllung stattfinden würde, und mit jeder einzelnen Bewegung des Phantasmas wurde ihre Spannung unerträglicher. Schließlich stand sie auf dem Boden des Kellers, eine breite, plumpe, schrecklich plumpe Gestalt, die auf sie zu glitt und dann, vorbei an ihr, in den entfernten Keller.

Dort hielt sie an, so weit, wie sie es einschätzen konnte, bei den neuen Fliesen, und blieb stehen. Als sie hinstarrte, zu fasziniert, um ihre Augen zu bewegen, gab es einen lauten, nachhallenden Knall, ein abscheuliches Geräusch von Reißen und Ziehen und die gesamte Decke der inneren Kammer kam mit einem schrecklichen Getöse herunter. Lady Adela denkt, dass sie da in Ohnmacht fiel, da sie sich genau daran erinnerte, gefallen zu sein – gefallen in einen, wie ihr schien, schwarzen, endlosen Abgrund.

Als sie wieder bei Bewusstsein war, lag sie auf den Fliesen und alles drum herum war ruhig und normal. Sie stand auf, fand ihre Kerze, zündete diese an und verbrachte den Rest des Abends, ohne weitere Erlebnisse, im Salon.

Die ganze Woche über kämpfte Lady Adela gegen ihre Abneigung einen weiteren Abend alleine im Haus zu verbringen, und als der Freitag kam, beugte sie sich ihren Ängsten. Die Diener waren arme, dumme Wesen, aber es war angenehm zu wissen, dass da noch etwas anderes im Haus war, neben den Geistern. Sie saß im Salon und las bis spät in die Nacht.

Als sie sich aus dem Fenster rekelte, um einen abschließenden Blick auf den Himmel und die Sterne zu werfen, bevor sie zu Bett ging, hatten sich die Geräusche des Verkehrs vollkommen gelegt und die ganze Stadt war in einer erfrischenden Stille gebadet.

Es war wirklich himmlisch dort zu stehen und die kühle, sanfte Luft zu spüren, die um ihren Hals und ihr Gesicht wehte –

erstmals am Tag ohne die ratternden und rumpelnden Geräusche der Fortbewegungsmittel und das misstönende Gemurmel von unharmonischen Stimmen.

Lady Adela, gewöhnt an die Privatsphäre ihrer Jacht und die Freiheit ihrer großen Landvilla, wo alle Geräusche ihrem Willen gemäß reguliert waren, wurde durch die Nähe ihrer derzeitigen Wohnstätte zur lauten Durchgangsstraße nervös gemacht und erwartete ungewiss die Stunden, wenn die Geschäfte und Theater geschlossen waren und alle grellstimmigen, menschlichen Erzeugnisse aus der Gosse, zu Bett gegangen waren.

Für sie waren alle Nächte am Waterloo Place zu kurz, die Tage zu lang, zu lang für irgendetwas. Die schweren, trampeligen Schritte eines Polizisten rissen sie aus ihren Tagträumen. Sie hatte kein Verlangen seine Neugierde zu wecken, abgesehen davon war auch ihr Kleid etwas in Unordnung geraten, und sie hatte die striktesten Vorstellungen von Anstand, zumindest bei der Anwesenheit niederer Ränge.

Mit einem Seufzer der Verdrießlichkeit zog sich deshalb in ihr Schlafzimmer zurück, und nach der sorgfältigsten Erledigung ihrer Toilette machte sie das Licht aus und ging zu Bett. Es war gerade ein Uhr, als sie einschlief und drei Uhr, als sie mit einem heftigen Ruck aufwachte.

Warum sie so zusammengefahren war, verwirrte sie. Sie erinnerte sich nicht, einen sehr schrecklichen Traum gehabt zu haben, und da schien es auch nichts in der Stille zu geben – in der offensichtlich ungebrochenen Stille – was in irgendeiner Weise für ihre Reaktion verantwortlich sein könnte. Also, warum, ist sie zusammengezuckt?

Sie lag ruhig da und wunderte sich. Es war mit Sicherheit alles genau so wie vorher, als sie schlafen gegangen war. Und jetzt! Als sie sich an eine Erklärung wagte, gab es etwas anderes, etwas das neu war. Sie dachte nicht, dass es unmittelbar in der Atmosphäre wäre, noch in der Stille. Sie wusste nicht, wo es war, bis sie ihre Augen öffnete – und dann wusste sie es.

Über sie gebeugt, innerhalb von ein paar Zentimetern von ihrem Gesicht entfernt, war ein anderes Gesicht, ein geisterhaftes Zerrbild eines menschlichen Antlitzes. Es war größer als das eines Sterblichen, welches Lady Adela je gesehen hatte; es war lang in Proportion zu seiner Breite – in der Tat konnte sie nicht ausmachen, wo der Schädel am Rücken endete, da sich dessen Rückseite in einem Nebel verlor.

Die Stirn, die sehr weit nach hinten ging, war zum Teil mit einer Masse von strähnigem, schwarzem Haar bedeckt, das gerade herunterhing. Es gab weder Hals noch Schulter, zumindest war nichts davon ausgeprägt. Die Haut war bleifarben und die Abmagerung so extrem, dass die rohen Wangenknochen stellenweise durchkamen. Die Größe der Augenhöhlen, erschien monströs, was noch durch die Tatsache verstärkt wurde, dass die Augen tief eingesunken waren. Die Lippen waren nach unten gewellt und fest geschlossen, und der gesamte Eindruck des vertrockneten Mundes, wie in der Tat auch der des gesamten Gesichts, war von bestialischer, teuflischer Boshaftigkeit.

Augenblicklich stoppte das Herz von Lady Adela, ihr Blut erkaltete, sie war wie versteinert, und als sie hilflos auf die dunklen Augen starrte, die sich nahe an die ihren pressten, sah sie, wie diese plötzlich mit teuflischer Freude erfüllt waren.

Dann passierten die fürchterlichsten Veränderungen. Die Oberlippe krümmte sich weg von ein paar grünlich-gelben Zahnstümpfen, der Unterkiefer fiel mit einem metallischen Klicken herunter, ließ den Mund weit offen stehen und legte, Lady Adelas schockiertem Blick, eine schwarze, aufgedunsene Zunge frei. Die Augäpfel rollten sich hoch und verschwanden ganz, während ihre Plätze sofort mit den faulsten und höchst abscheulichen Anzeichen von fortgeschrittener Verwesung ausgefüllt wurden.

Ein starker, vibrierender Moment ließ plötzlich alle Knochen im Kopf rasseln und die Zunge wedeln, während ein Windzug aus dem Rachen kam, wie ausgestoßen von einem tiefen Schacht, faul wie Verwesungen in der Gruft, und doch gleichzeitig mit dem gleichen süßen, ekelhaften Geruch, mit dem Lady Adela in letzter Zeit so vertraut geworden war.

Das war der Höhepunkt der Ereignisse, der Kopf wich zurück und, schwächer und schwächer werdend, verschwand er schließlich ganz. Lady Adela war nun mehr als überzeugt – es gab kein Haus in Schottland, das schlimmer vom Spuk heimgesucht wurde – und nichts in der Welt würde sie veranlassen, in ihm noch eine weitere Nacht zu verbringen.

Nichtsdestotrotz, naturgemäß gespannt etwas zu entdecken, was zumindest zu einem gewissen Grad für die Erscheinungen verantwortlich ist, machte Lady Adela endlose Nachforschungen, was die Geschichte von ehemaligen Bewohnern dieses Hauses betrifft. Da sie aber keinen Erfolg hatte, irgendetwas Erwähnenswertes in dieser Richtung herauszufinden, war sie schließlich gezwungen, sich mit der folgenden Überlieferung zufriedenzugeben:

Es wurde berichtet, dass es einmal am Ort von Nr. ____ Forrest Road eine Hütte gab, die von zwei Schwestern bewohnt war (beide Krankenpflegerinnen) und dass eine davon verdächtigt wurde, die andere vergiftet zu haben. Darüber hinaus war die Hütte, aufgrund ihrer sparsamen Gewohnheiten, in einen schlechten Erhaltungszustand geraten und wurde während eines heftigen Sturms umgeblasen, und die überlebende Schwester kam dabei in der Ruine um.

Angenommen, dass diese Geschichte den Tatsachen entspricht, war es aller Wahrscheinlichkeit der Geist der letzteren Schwester, der Lady Adela erschienen ist.

Die Lady ist natürlich bestrebt die Nr. ____ Forrest Road zu vermieten, und da anscheinend nur ungefähr eine von tausend Personen die Fähigkeit hat übersinnliche Phänomene zu sehen, hofft sie eines Tages einen dauerhaften Mieter zu finden.

In der Zwischenzeit tut sie ihr Allerbestes die Gerüchte zu ersticken, dass das Haus vom Spuk heimgesucht ist.

Fall VI

Das Phantomregiment von Killiecrankie

Es gibt zahlreiche Geschichten, die, von Zeit zu Zeit, über die Spukerscheinungen von Phantomsoldaten auf dem Pass von Killiecrankie verbreitet werden, aber ich glaube, es gibt keine seltsamere Version, als diejenige, welche mir vor einigen Jahren von einer Lady erzählt wurde, die zudem noch behauptete, das Phänomen selbst miterlebt zu haben.

Ich will ihren Bericht, so weit wie möglich, in ihren eigenen Worten wiedergeben:

Lassen Sie mich mit der Feststellung beginnen, dass ich keine Spiritualistin bin und dass ich die größtmögliche Abneigung habe, die auf der Erde festgehaltenen Seelen der Toten anzurufen.

Ich reklamiere für mich auch keine medialen Kräfte (in der Tat, bin ich immer dem Begriff 'Medium' mit dem größten Misstrauen begegnet). Ich bin, im Gegenteil, eine einfache, praktisch veranlagte, sachliche Frau, und mit der Ausnahme dieses einen Ereignisses, hatte ich niemals eine paranormale Erscheinung miterlebt.

Der Vorfall, von dem ich erzählen werde, ereignete sich im letzten Herbst. Ich war auf einer Radtour in Schottland, und da ich Pitlochry zu meinem temporären Aufenthaltsort gemacht hatte, fuhr ich eines Abends hinüber, um mir den historischen Pass von Killiecrankie anzusehen.

Es war schon spät, als ich dort ankam, und der westliche Himmel war ein großer, purpurner und goldener Tupfer – mit einer solch lebendigen Färbung, wie ich sie noch nie, und danach auch nicht wieder, gesehen habe.

In der Tat war ich von der Erhabenheit dieses Schauspiels so verzückt, dass ich mich auf einem Felsen am Fuße einer der großen Klippen, welche die Mauern des Passes bildeten,

60

niederließ, meinen Kopf zurückwarf und mir vorstellte, ich sei im Märchenland.

Dermaßen verloren, in einem köstlichen Luxus, achtete ich nicht auf die Zeit, noch dachte ich daran, mich von der Stelle zu bewegen, bis schließlich die dunklen Schatten der Nacht über mein Gesicht fielen.

In diesem Moment geriet ich in etwas Panik und wollte eigentlich wieder losradeln, als mich plötzlich ein seltsamer Gedanke ergriff: Ich hatte die Hausschlüssel, viele Sandwiches, einen warmen Umhang, warum sollte ich nicht hier draußen bis zum frühen Morgen übernachten?

Ich hatte mich schon lange danach gesehnt, eine Nacht im Freien zu verbringen; jetzt hatte ich meine Gelegenheit. Kaum hatte ich diese Idee gehabt, habe ich sie auch schon in die Tat umgesetzt.

Ich suchte mir den bequemsten Felsbrocken aus, den ich sehen konnte, kletterte auf dessen höchste Stelle und, mit meinem Umhang, der eng über meinen Rücken und die Schultern gezogen war, begann ich meine Nachtwache.

Die kalte Bergluft, süß vom Duft von Ginster und Heidekraut, berauschte mich, und ich versank nach und nach in eine himmlische Bewegungslosigkeit, von der ich plötzlich durch einen dumpfen Donner aufgerüttelt wurde und den ich sofort mit in der Ferne zu hörenden Musketen in Verbindung brachte.

Dann war alles still, still wie ein Grab und ich bemerkte mit einem Blick auf meine Uhr, dass es zwei Uhr war. Eine Art von nervöser Furcht ergriff mich und es kamen mir Tausende von vagen Fantasien, die mich, wegen ihrer Ungewissheit, noch mehr beunruhigten.

Darüber hinaus war ich erstmals von der außerordentlichen Einsamkeit beeindruckt – eine Einsamkeit, die in eine andere Zeit gehörte als die, in der wir jetzt waren.

Und als ich herumschaute, auf die einzelnen Kiefern und schimmernden Felsen, erwartete ich fast das wilde, bösartige

Gesicht eines Räuberhauptmanns zu sehen – eines grimmigen und doch faszinierenden Helden von Sir Walter Scott* [*schottischer Dichter und Schriftsteller] – das dahinter auf mich starrte.

Schließlich wurde dieses Gefühl so durchdringend, dass ich, in einem panischen Anfall von Furcht, irrwitziger und kindischer Furcht, meinen Blick abwendete und geistesverloren auf den Boden vor meinen Füßen richtete.

Ich lauschte, und bei dem Rascheln eines Blattes, dem Summen eines nächtlichen Insekts, dem Schwirren einer Fledermaus, dem Säuseln des Windes, der sanft an mir vorbeiströmte, stellte ich mir vor – nein, ich war mir sicher, dass ich etwas entdeckt hatte, das nicht normal war.

Ich schnäuzte mir die Nase und hatte gerade damit aufgehört, mich über die Lautstärke des Echos zu wundern, als ein schriller, gruseliger Schrei einer Eule, das Blut in Schwallen zu meinem Herz schickte.

Dann lachte ich, doch mein Blut gefror, als ich einen Chor hörte, der von allen Klippen und Felsen im Tal kam und von dem ich mir einredete, dass es nur Echos sein konnten.

Einige Sekunden danach saß ich still da, traute mich kaum, zu atmen, und machte mir selbst vor, ärgerlich auf mich zu sein, dass ich solch ein Narr war.

Mit einer gewaltigen Anstrengung richtete ich meine Aufmerksamkeit auf wesentliche Dinge. Einer der Rockknöpfe an meiner Hüfte – sie waren damals sehr in Mode – war lose, und ich versuchte, mich damit zu beschäftigen, ihn zu festzumachen.

Als ich mich nicht länger damit ablenken konnte, machte ich mich daran, an meinen Schuhen zu werkeln und machte Knoten in die Schnürsenkel, nur um die Mühe zu genießen, sie wieder auseinanderzubekommen.

Aber auch das beschäftigte mich nicht auf Dauer und ich zerbrach mir verzweifelt den Kopf darüber, was ich als Nächstes tun könnte, als es wieder kam – das seltsame, donnernde Geräusch, welches ich zuvor gehört hatte. Ich konnte aber nicht länger daran zweifeln, dass es der Lärm von Feuerwaffen war.

Ich schaute in die Richtung der Laute – und – mein Herz hörte fast auf, zu schlagen. Mir entgegenrasend – so als ginge es nicht nur um sein Leben, sondern um seine Seele – kam die Gestalt eines Highlanders.

Der Wind raschelte durch sein langes, zerzaustes Haar, blies es voll über seine Stirn, knapp an den Augen vorbei, die vor ihn hin fixiert waren, in einem gespenstigen und gequälten Starren.

Er hatte keinen Rest von Farbe mehr in sich, und in dem starken Schein des Mondes erschien seine Haut fahl. Er rannte mit gewaltigen Sprüngen, aber etwas erschreckte mich noch stärker und brachte mich doppelt zu der Überzeugung, dass er nichts Sterbliches war: Jedes Mal, wenn seine Füße auf schweren und weichen Weg auftrafen, von dem ich gut sehen konnte, dass da keine Steine waren, kam ein Geräusch, das unverwechselbare Geräusch, von verstreutem Kies.

Näher und näher kam er, mit riesiger Geschwindigkeit, seine nackten, schwitzenden Ellenbogen waren an seine keuchenden Seiten gepresst, seine großen, dreckigen, groben und behaarten Fäuste vor ihm in knochige Bündel geballt, die Schaumflocken dick auf seinen fest zusammengedrückten, verzerrten Lippen, und die Blutpfropfen sickerten an seinen Schenkeln herunter.

Es war alles real, teuflisch, widerlich real, sogar die winzigsten Details; das Hoch- und Herunterwippen seines Kilts, des Geldbeutels und der schwertlosen Scheide, die gerissene Naht an seiner Jacke in der Nähe der Schulter und das Fehlen einer seiner plumpen Schuhschnallen.

Ich versuchte mit aller Macht, meine Augen zu schließen, war aber gezwungen sie offenzuhalten und jeder seiner Bewegungen zu folgen, als er, an mit vorbeischießend, den Weg verließ, über mehrere kleinere Hindernisse sprang, die ihm den Weg versperrten, und schließlich hinter einem der größeren Felsen verschwand.

Dann hörte ich das laute Getöse von Trommeln, begleitet durch schrille Stimmen von Pfeifen und Flöten, und am hinteren Ende des Passes erschien ein Regiment von scharlachroten Soldaten, deren Waffen hell in den silbernen Strahlen des Mondes funkelten.

Vorne ritt ein Offizier zu Pferde, nach ihm kam die Musiktruppe und dann, jeweils vier, Seite an Seite, eine lange Reihe von Soldaten, im Zentrum zwei Flaggen und an den Flanken Offiziere und Unteroffiziere mit Schwertern und Speeren. Mehrere berittene Männer folgten am Ende.

Sie kamen heran, die Pfeifen und Flöten, die mit einer sonderbaren Klarheit in der leisen Bergluft zu hören waren. Ich fühlte, wie der Boden vibrierte; ich hörte das Knirschen des Kieses, als sie stetig und mechanisch vorankamen – große Männer, enorm große Männer, mit starren, weißen Gesichtern und wütenden Augen.

Jeden Moment erwartete ich, dass sie mich sehen würden, und ich wurde krank vor Furcht und dem Gedanken, in all diese bleichen und blitzenden Augen zu blicken. Aber davor wurde ich glücklicherweise bewahrt; niemand schien mich zu bemerken und sie alle gingen an mir vorbei, ohne auch nur ein Wenden oder Drehen des Kopfes, und ihre Füße hielten den Takt zu einem immerwährenden und monotonen Getrampel.

Ich erhob mich und beobachtete alles, bis der Letzte von ihnen um die Biegung des Passes herumging und das Schimmern ihrer Waffen und das Drumherum nicht mehr zu sehen war. Dann stieg ich wieder hoch auf meinen Felsen und fragte mich, ob noch etwas passieren würde.

Es war nun halb drei Uhr morgens und, vermischt mit den Mondstrahlen, gab es da eine sonderbare Blässe, welche das ganze Erscheinungsbild meiner Umgebung unbeschreiblich öde und geisterhaft erscheinen ließ.

Ich fühlte mich kalt und hungrig, machte mich über mein Roastbeefsandwich her und trennte, mit gewissenhaftem Eifer, das Fett vom mageren Teil, da ich zu den törichten Leuten gehöre, welche Fett nicht ausstehen können, als ein lautes Rascheln mich aufsehen ließ.

Mir zugewandt, auf der anderen Straßenseite, gab es einen Baum, eine Esche. Zu meiner Überraschung schwankte der Baum wild hin und her, trotz der Tatsache, dass die Brise nachgelassen hatte und es kaum einen Windstoß gab, während aus ihm die schrecklichsten Laute des Stöhnens und Seufzens herauskamen.

Ich war so in Angst versetzt, dass ich mir mein Rad schnappte, und versuchte aufzusteigen, aber ich war gezwungen dies aufzugeben, da ich nicht mehr die geringste Kraft in meinen Gelenken hatte.

Dann, um mich davon zu überzeugen, dass die Bewegungen des Baumes keine Einbildung waren, zwickte ich mich und rief laut heraus, aber es machte keinen Unterschied – das Rascheln, Verbiegen und Umherwackeln, ging weiter.

Nun nahm ich all meinen Mut zusammen, ging vor auf die Straße, um mir das aus der Nähe zu betrachten, als zu meinem Entsetzen meine Füße gegen etwas stießen. Als ich nach unten sah, erkannte ich den Körper eines englischen Soldaten, mit einer schrecklichen Wunde in seiner Brust.

Ich schaute um mich, und da, auf allen Seiten von mir, von einem Ende des Tals, bis zum anderen, lagen Dutzende von Körpern, Körper von Männern und Pferden – Highlander und Engländer.

Sie lagen da, weißwangig, mit gespenstischen Augen und blutbefleckt – ein Mischmasch von fahler, mörderischer Schrecklichkeit.

Hier war die gekrümmte und gewundene Gestalt eines Offiziers, dem das halbe Gesicht weggeschossen wurde, und dort, ein Pferd ohne Kopf, und dort – aber ich kann nicht näher auf solch einen Horror eingehen, wo mich schon die alleinige Erinnerung daran, krank und schwach macht.

Die Luft, diese wunderbare, frische Bergluft, mischte sich mit ihrem Stöhnen und Seufzen und mit dem Geruch ihres Blutes.

Als ich so dastand, vor Furcht wie angewurzelt am Boden und nicht wusste, wohin ich sehen oder mich wenden sollte, sah ich plötzlich, wie etwas von der Esche herunterfiel. Es war die Gestalt einer Frau, ein Mädchen aus den Highlands, eine kecke, hübsche Erscheinung, mit rabenschwarzem Haar und sehr weißen Armen und Füßen.

In der einen Hand trug sie einen Weidenkorb, in der anderen ein Messer, ein breitschneidiges, scharfkantiges Messer mit Horngriff. Ein Glanz von Gier und Grausamkeit kam in ihre großen, dunklen Augen. Als sie herumwanderten, blieben sie auf den reichen Applikationen an den Uniformen der englischen Offiziere hängen.

Ich wusste, was sie beabsichtigte und – vergessend, dass sie nur ein Geist war – dass sie alle Geister waren – wollte ich Himmel und Hölle bewegen, um sie zu stoppen.

Ich konnte es nicht. Schnurstracks ging sie auf einen verwundeten Offizier zu, der auf dem Boden lag und bemitleidenswert stöhnte, etwa drei Meter von mir entfernt. Sie vermied mit ihren schlanken und anmutigen Füßen die Körper der toten und sterbenden Engländer, die ihr im Weg lagen.

Dann schnappte sie sich den Dolch und die Pistole eines Offiziers, kniete nieder und, mit dem Ausdruck teuflischer Freude in ihren Augen, steckte sie ruhig und gelassen das Messer in sein Herz, bewegte die Klinge vor und zurück, um sich zu versichern, dass sie einen gründlichen Job gemacht hatte.

Etwas Höllischeres hätte ich mir nicht vorstellen können, und trotzdem faszinierte es mich – das Mädchen war so schön, so teuflisch schön und wohlgeformt.

Als ihr Akt der Grausamkeit vorbei war, beraubte sie ihr Opfer seiner Ringe, Schulterstücke, Knöpfe und Goldschnüre und, nachdem sie diese in ihrem Korb verstaut hatte, machte sie woanders weiter.

In einigen Fällen, wo sie nicht in der Lage war, die Ringe leicht zu entfernen, hackte sie die Finger ab und warf sie, so wie sie waren, in ihren Korb. Auch war ihre Art vorzugehen, nicht immer die gleiche. Während sie manche Männer auf die von mir beschriebene Weise von ihren Leiden erlöste, schnitt sie anderen, mit großer Nonchalance, die Kehle durch, so als würde sie Hühner schlachten oder erledigte wiederum andere mit den Enden der Gewehre oder Pistolen.

Insgesamt brachte sie gut zehn Leute um und war dabei mit ihrer Beute zu verschwinden, als ihre hämischen Augen plötzlich den meinen begegneten. Mit einem grellen Schrei stürzte sie mir entgegen.

Ich war ein leichtes Opfer, ich konnte ich mich keinen Zentimeter bewegen. Mit einem teuflischen Glitzern in ihren Augen hob sie die blinkende Schneide über ihren Kopf und war bereit auf mich einzustechen.

Das war der Gipfelpunkt, meine überfordernden Nerven konnten das nicht mehr aushalten, und noch bevor der Stoß mit dem Messer nach unten kommen konnte, kippte ich schwer nach vorne und fiel vor ihre Füße.

Als ich wieder zu mir kam, waren alle Geister verschwunden, und der Pass schimmerte in der strahlenden Frische der Morgensonne.

Ich radelte schnell nach Hause und aß, wie nur jemand essen kann, der die Nacht inmitten der Ufer und Böschungen im schönen Schottland verbracht hat.

Fall VII

Die 'perlige' Jean von Allanbank

Wenige Geister haben einen solch bekannten und gleichzeitig schaurigen Ruf erlangt, wie die 'perlige' Jean von Allanbank, ein Phantom, welches Allanbank, den Familiensitz der Stuarts, heimgesucht hat.

Die populärste Theorie bezüglich der Identität dieser Erscheinung ist die folgende:

Mr. Stuart, bevor er zum ersten Baron von Allanbank ernannt wurde, traf auf einer Tour in Frankreich die junge und wunderschöne französische, barmherzige Schwester namens Jean, die er dazu verführte, ihr Konvent zu verlassen.

Da er ihr schließlich überdrüssig wurde, hatte sie Mr. Stuart in grober Weise verlassen. Als er abrupt nach Schottland zurückgekehrt war, verlobte er sich mit einer Lady, die seiner eigenen Nationalität und seinem eigenem Stand entsprach.

Jean war aber entschlossen, ihn nicht so einfach entkommen zu lassen. Sie hatte alles für ihn aufgegeben: Ihre alte Bestimmung im Leben war weg, sie hatte kein Zuhause, keine Ehre mehr – nichts. Deshalb entschloss sie sich, alle Hebel in Bewegung zu setzen, um seinen Aufenthaltsort herauszufinden. Schließlich wurden ihre Bemühungen belohnt, das Glück war auf ihrer Seite, sodass sie unbeschadet in Allanbank ankommen konnte.

Hier wurde ihr die Wahrheit bewusst: ihr grausamer und treuloser Liebhaber war gerade dabei eine andere zu heiraten. Aber die Verzweiflung gab ihr Energie. Brennend vor Empörung hastete sie zu seinem Haus, um ihm Vorwürfe zu machen.

Sie erreichte den Platz, gerade als dieser mit deiner Verlobten herausfuhr. Mit einem Schrei der Verzweiflung sprang sie nach vorne, schwang sich auf das Vorderrad der Kutsche und drehte ihr weißes, entschlossenes Gesicht in Richtung der

Insassen. Für einen Moment war Mr. Stuart zu verblüfft, um irgendetwas zu tun, er konnte seinen Sinnen kaum glauben. Wer war diese rasende Frau. Um Himmels willen! Jean! Unmöglich! Wie, um alles in der Welt, ist sie hierher gekommen? Sein turbulent schlagendes, schuldbewusstes Herz, machte ihn krank und fast ohnmächtig.

Dann blickte er heimlich und ängstlich auf seine Verlobte. Auf keinen Fall durfte sie die Wahrheit erfahren. Vielleicht hatte er in diesem Augenblick total den Verstand verloren. Auf alle Fälle ist dies die freundlichste Umschreibung für seine folgende Handlung. So niederträchtig sein Verhalten gegenüber Jean in der Vergangenheit auch gewesen war, kann man sich fast nicht vorstellen, dass er in der Lage sein würde, sie absichtlich zu ermorden und noch dazu in einer solch schrecklichen Art und Weise.

Es gab keine weitere Sekunde zu verlieren, und das Geheimnis, das er so beharrlich vor der Lady neben hin verborgen hatte, würde aufgedeckt werden.

Jeans Mund hatte sich bereits geöffnet, um zu sprechen. Er winkte sie zur Seite, aber sie blieb auf ihrem Platz. Er schrie den Kutscher an, und das große, schwerfällige Gefährt setzte sich in Bewegung. Bei der ersten Umdrehung des Rades rutschte Jean von ihrem Sitz, ihr Kleid verfing sich in den Speichen, und sie wurde zu Tode gequetscht.

Ihr Schicksal schien weder bei Mr. Stuart, noch bei seiner Geliebten, einen größeren Eindruck zu hinterlassen, da sie ihre Fahrt fortsetzten.

Der Spuk begann im Herbst. Mr. Stuart, so wie es sich gehört, war der erste, der das Phänomen wahrgenommen hatte. Als er von einer Ausfahrt nach Hause kam, nahm er, zu seiner Überraschung, die dunklen Umrisse einer menschlichen Gestalt im Torbogen seines Haus wahr, genau gegenüber von der Stelle, wo Jean umgekommen war.

Er wunderte sich, wer das wohl sein könnte, und lehnte sich nach vorne, um diese näher zu betrachten.

Die Gestalt bewegte sich, ein eisiger Schauer durchflutete ihn, und er sah zu seinem Schrecken das wütende Antlitz der toten Jean. Da war sie und sah mit schaurigen, gläsernen Augen auf ihn herab; ihre Wangen erschreckend bleich, ihr Haar flatterte im Wind, ihr Hals und ihre Stirn waren in Blut gebadet.

Gelähmt vom Schrecken konnte Mr. Stuart sein Starren nicht abwenden, und es war nicht, bevor einer der Knechte die Kutschentür aufmachte, um ihm herauszuhelfen, dass er wieder in der Lage war, zu sprechen oder sich zu bewegen. Dann floh er ins Haus und verbrachte den Rest der Nacht in kläglichster Furcht.

Danach hatte er keinen Frieden mehr – Allanbank wurde regelmäßig vom Spuk heimgesucht. Die großen Eichentüren öffneten und schlossen sich, aus eigenem Antrieb, mit lautem Knattern und Knallen, und das Rascheln von Seide und Klappern von hochhackigen Schuhen konnte man in den eichengetäfelten Schlafzimmern und dunklen, verwundenen Gängen hören.

Wegen eines Accessoires an ihrer Kleidung, einem Stück Spitze, das aus Perlenfäden gemacht wurde, nannte man die Erscheinung 'perlige' Jean.

Es wurde sogar ein Porträt von ihr gemalt. Als man dieses Bild, so wurde berichtet, zwischen einem von Mr. Stuart und einem seiner Verlobten aufgehängt hatte, hörte der Spuk auf, aber als man es wieder entfernt hatte, fing dieser wieder an.

Vermutlich hat man es nicht lange an der vorstehend erwähnten Stelle gelassen, da die Erscheinungen für viele Jahre ohne Unterbrechung weitergingen.

Die meisten Phantasmen der Toten beseelen diejenigen, die sie mit Schrecken wahrnehmen – dies entspricht auch meiner eigenen Erfahrung –, aber die 'perlige' Jean schien eine Ausnahme dieser Regel zu sein.

Eine Haushälterin namens Betty Norrie, die für viele Jahre auf Allanbank lebte, hatte, wie auch andere Leute um sie herum, Jean so oft gesehen hatten, dass man sich mehr und mehr an sie gewöhnte und daraufhin nicht mehr erschreckt war, bei ihrem Anblick, oder bei den Geräuschen, die sie verursachte.

Eine andere Dienerin im Haus, namens Jenny Blackadder, konnte Jean fortwährend hören, aber sie nie sehen – obwohl ihr Ehemann dies tat. Letzterer, als er um Jenny warb, bekam einen seltenen Schreck, der mir darauf hindeutet, dass Jean, trotz ihres tragischen Endes, nicht ohne eine gewisse Prise von Humor war.

Thomas, das war der Name des Verehrers, verabredete sich eines Nachts, um Jenny im Obstgarten von Allanbank zu sehen. Es war früh, als er am Treffpunkt eintraf, da Thomas, wie alle echten Liebhaber, eher mehr als pünktlich war und sehr damit rechnete, eine lange Wartezeit zu haben. Stellen Sie sich nun sein Erstaunen vor, als er im Mondlicht die, wie er meinte, gut bekannte und angebetete Gestalt seiner Angebeteten wahrgenommen hatte.

Mit einem Ausruf des Entzückens schoss Thomas nach vorne, und als er seine Arme weit öffnete, um sie zu umarmen, sah er, wie sie verschwand, und fand sich dabei, wie er Luft liebkoste. Ein eisiger Luftzug erfüllte ihn mit Schauern und der ganze Platz – Bäume, Nischen, Mondstrahlen und Schatten, waren einer scheußlichen Verwandlung ausgesetzt.

Die ganze Luft war erfüllt von einem unbekannten Schrecken, bis Fleisch und Blut es nicht mehr aushalten konnten und, selbst mit dem Risiko, seine geliebte Jenny zu enttäuschen, lief Thomas davon.

Einige Minuten später, zur ausgemachten Stunde, traf Jenny ein und niemand war da. Sie trödelte eine Weile herum, wunderte sich, was mit Thomas passiert sein könnte, und ging dann zurück ins Haus, voll von ernsthaften Befürchtungen.

Erst am nächsten Morgen kam die Wahrheit ans Licht und Jenny, nachdem sie in ein herzhaftes Lachen über ihren Liebhaber ausbrach, der sich jetzt, im Tageslicht, sehr verschämt zeigte, vergab ihm und zeigte mit Verständnis.

Sie hatte keine Einwände, als er sie nach einem Datum für die Hochzeit fragte.

In den Jahren danach gab Jenny die Geschichte von der 'perligen' Jean mit vielen grausamen Anspielungen weiter, die sie, blödsinnigerweise, auch als Schreckgespenst benutzte, um Kinder zu verängstigen und zu gutem Benehmen zu bringen.

Ein gewisser Mr. Sharpe, der als kleiner Junge in ihre Obhut gegeben wurde, gab zu, dass er fürchterliche Angst vor ihren Geschichten hatte und dass er es in diesen Tagen niemals wagte, einen Gang hinunter zu gehen, ohne daran zu denken, dass die 'perlige' Jean, mit ihrem gespenstischen, blutbefleckten Gesicht, klauenartigen Händen und raschelndem Kleid hinter ihm her war.

Das Kindermädchen Jenny erzählte ihm, dass die Stuarts vergeblich versucht hatten, den Geist von Jenny zu beseitigen und dazu tatsächlich sieben Pfarrer gerufen hatten, um diesen zu exorzieren. Alles war jedoch vergeblich gewesen, sie fuhr mit ihren nächtlichen Wanderungen fort.

Im Jahre 1790 vermieteten die Stuarts das Haus an Fremde, die, als sie es übernahmen, keine Ahnung davon hatten, dass es darin spukte. Jedoch, sie blieben nicht lange ahnungslos, da zwei Ladys, die sich das gleiche Schlafzimmer teilten, in der Nacht aufgeweckt wurden und hörten, dass jemand über den Fußboden lief.

Die 'Anwesenheit' lies nicht auf Einbrecher schließen, da der Eindringling sich in höchst lautstarker Weise benahm, als er den Raum rückwärts und vorwärts, rastlos und offensichtlich recht ziellos durchschritt und dabei über den Boden raschelte (mit etwas, das sich wie eine lange Schleppe anhörte) und schwer dabei atmete.

Sie waren beide sehr erschreckt und so kalt, dass sie gegenseitig ihre Zähne klappern hören konnten. Sie waren zu verängstigt, um nach Hilfe zu rufen; sie konnten nur still daliegen und hoffen und beten, dass er nicht näher an sie herankommen würde.

Das Leiden der beiden Ladys war unbeschreiblich, da der Geist die ganze Nacht über in ihrem Zimmer blieb, rastlos umhergehend, bis Tagesanbruch. Es war erst einige Tage später, als auch andere Leute im Haus das Phänomen beobachtet hatten, dass man ihnen die Geschichte von der berüchtigten 'perligen' Jean erzählte.

War die 'perlige' Jean wirklich die Erscheinung der ermordeten französischen Frau? Was mich anbelangt, war ihre Identität, als die der schönen barmherzigen Schwester, nicht zufriedenstellend begründet und ich denke, es gibt Gründe daran zu zweifeln.

Wenn diese, zum Beispiel, die Erscheinung einer barmherzigen Schwester war, warum sollte sie unangebracht mit einer langen Schleppe bekleidet gewesen sein? Und wenn es eine Frau war, mit den anzunehmenden biederen Eigenschaften einer barmherzigen Schwester, warum sollte sie eine Freude am Unheil haben und den Schabernack eines Poltergeistes spielen?

Und doch, wenn es nicht der Geist von Jean war, wessen Geist war es dann?

Schottischer Landsitz, aus der Wochenzeitschrift
'The Gardener's Chronicle, 1984

73

Fall VIII
Der Trommler von Cortachy

Welche alte schottische oder irische Familie hat nicht ihren Familiengeist? Eine Banshe* – das Erbe von Niall of the Nine Hostages** – ist immer noch der beneidenswerte Besitz der Nachfahren von den O'Donnells, und ich, der ein Mitglied dieses Clans ist, hat sie sowohl mehrfach gesehen, als auch gehört.

[* Geisterfrau, Frau aus dem Feenreich ** prähistorischer irischer König, erster der 'Uí Néill' (O'Neill) Dynastie. Viele alte irische und schottische Familien rühmen sich alle einer eigenen Banshee, bei den O'Neills soll diese aber ihren Ursprung haben].

Wie es mir erscheint, ähnelt sie dem abgetrennten Kopf einer prähistorischen Frau, und ich werde niemals meine Gefühle in einer bestimmten Nacht vergessen, als ich, aufgerüttelt von ihrem gespenstigen Geheul, hastig aus dem Bett stolperte und, im Dunkeln tastend, nach oben ging.

Ich wagte nicht, nach links oder rechts zu sehen, damit ich nichts Schreckliches erblicken würde. Ich fand alle Bewohner zusammengedrängt auf der Galerie, gelähmt vor Furcht. Ich sah es nicht in dieser Nacht, aber am folgenden Morgen, wie ich es vermutet hatte, erhielt ich die Nachricht, dass ein naher und lieber Verwandter gestorben war.

Da ich ein solches Erbe selbst mein Eigen nenne, bin ich in der Lage, problemlos mit denjenigen zu sympathisieren, die einen ähnlichen Schatz besitzen – einen solchen, zum Beispiel, wie der berühmte – oder besser gesagt, der berüchtigte – Trommler von Cartachy Castle, den man stets hören konnte, wie er vor dem Tod eines Mitglieds des Ogilvie Clans ein Tattoo* [*Zapfenstreich] trommelte.

In ihrem Buch 'The Night Side of Nature' (die Nachtseite der Natur), in dem sich Mrs. Crowe auf diesen Spuk bezieht, sagte sie:

Miss D., eine Verwandte der jetzigen Lady C., welche eine gewisse Zeit bei dem Earl und der Countess von Airlie wohnte, auf deren Familiensitz in der Nähe von Dundee, wurde eingeladen, einige Zeit im Cortachy Castle zu verbringen. Sie ging dort hin, und während sie sich zum Dinner umzog, am ersten Tag ihrer Ankunft, hörte sie eine Melodie unter ihrem Fenster, die schließlich in einen klar definierten Klang einer Trommel überging.

Als ihre Zofe nach oben kam, stellte sie einige Fragen über den Trommler, der in der Nähe des Hauses spielte, aber sie wusste nichts darüber.

Für den Moment dachte Miss D. nicht mehr an diese Sache, aber als ihre diese wieder während des Dinners einfiel, sagte sie, zu Lord Airlie gewandt, 'Mein Lord, wer ist das, ihr Trommler?'

Daraufhin wurde seine Lordschaft bleich, Lady Airlie schaute bekümmert drein, und mehrere der Anwesenden, die alle ihre Frage gehört hatten, wurden verlegen. Die Lady, in der Annahme, dass sie eine unangenehme Andeutung gemacht hatte, obwohl sie nicht genau wusste, worauf sich das begründete, unterließ weitere Fragen, bis sie schließlich alle in den Salon gingen.

Als sie die Umstände nochmals gegenüber einem Mitglied der Familie erwähnte, bekam sie zur Antwort: 'Was, Sie haben noch nie von dem Trommler gehört?'

'Nein', antwortete Miss D., 'wer um alles in der Welt ist er?'

'Nun', kam als Antwort, 'er ist eine Person, die immer um das Haus herumgeht und trommelt, wenn ein Todesfall in der Familie bevorsteht. Das letzte Mal war er kurz vor dem Tod der letzten Countess (die frühere Ehefrau des Earls) zu hören. Das war es, warum Lord Arilie so blass wurde, als sie ihre Geschichte erwähnten.'

'Der Trommler ist ein sehr unangenehmes Thema in dieser Familie, das kann ich Ihnen versichern.'

Miss D. war natürlich sehr betroffen und nicht wenig verängstigt, bezüglich dieser Erklärung. Ihre Sorge wurde aber größer, als sie die Klänge am nächsten Tag wieder vernahm. Sie verließ Cortachy Castle und kam zurück zu Lord C., wo sie der Familie über das seltsame Begebnis berichtete und durch die sie diese Information bekam:

'Dieser Vorgang ist im Norden recht bekannt, und wir warteten mit Spannung auf die Ereignisse. Der traurige Tod der Countess, ungefähr fünf oder sechs Monate später in Brighton, bestätigten schmerzlicherweise die Prognosen. Ich habe gehört, dass Briefe nach ihrem Tod auf dem Schreibtisch gefunden wurden, wo sie ihre Überzeugung mitteilte, dass die Trommelei für sie bestimmt war.'

Mrs. Crowe führt weiter aus und erklärt dieses Phänomen. Gemäß der Legende, sagt sie, gab es auf Cortachy einst einen Trommler, der den damaligen Lord Airlie eifersüchtig gemacht hatte. Er wurde in seine eigene Trommel gesteckt und aus einem Fenster im Turm geworfen (in dem, nebenbei gesagt, Miss D. schlief). Bevor er getötet wurde, hatte der Trommler gesagt, dass er die Airlie Familie für immer heimsuchen würde – eine Drohung, die offensichtlich in Erfüllung gegangen ist.

Während einer meiner Besuche in Schottland blieb ich einige Tage in Forfarshire, nicht weit von Cortachy gelegen. Unter den Gästen in meinem Hotel befand sich auch ein sehr alter Gentleman namens Porter. Dieser erzählte mir, dass er als Junge immer einige Verwandte besucht hatte, die eine kurze Gehstrecke von Cortachy entfernt lebten.

Einer dieser Verwandten war ein etwa vierzehnjähriger Bursche mit Namen Alec, mit dem er immer sehr eng befreundet war.

Die Erinnerung an viele gemeinsame Abenteuer bereiteten Mr. Porter unendliches Vergnügen, und besonders eines dieser Abenteuer, sagte er mir, war ihm so frisch im Gedächtnis, als wäre es erst gestern passiert.

'Wenn ich mich jetzt zurückerinnere', sagte er mir, mit einem abwesenden Blick in seinen Augen, 'war es sicherlich eine seltsame Fügung, und wenn Sie ein Interesse am Spuk in Cortachy haben, Mr. O'Donnell, mögen Sie vielleicht meine Schilderungen von geisterhaften Erfahrungen in der Nachbarschaft hören wollen.'

Natürlich gab ich zu verstehen, dass nichts mir größere Freude bereiten würde, und Mr. Porter begann unverzüglich mit seiner Geschichte:

'Eines Nachts im Oktober, als mein Freund Alec und ich Lust auf Kaninchenjagd hatten, beschlossen wir, bei der Verfolgung unserer Beute, in ein Dickicht zu gehen, welches an das Anwesen von Cortachy angrenzte. Alec hatte diese spezielle Nacht ausgewählt, weil er dachte, dass er im Schutze des Nebels den Augen der Wächter entgehen würde, die mehr als einmal damit gedroht hatten, ihn zum Gutsherrn zu bringen, wegen unerlaubten Betretens des Grundstücks.'

'Um zu dem Dickicht zu gelangen, mussten wir auf eine Granitsteinmauer klettern und auf der anderen Seite herunterspringen. Der Sprung, zusätzlich zur Höhe, wurde noch dadurch erschwert, weil die Wächter die Angewohnheit hatten, Fußfallen aufzustellen.'

'Als ich rittlings auf der Mauer saß, starrte ich, wie in einen Schacht hinein, auf die Dunkelheit zu unseren Füßen und hörte das düstere Grollen des Windes durch die gewaltigen Kiefern vor mir. Ich hätte alles gegeben, was ich besitze, wenn ich mich in einem behaglichen und warmen Bett wiedergefunden hätte.'

'Alec war aber aus einem anderen Holz geschnitzt – er war gekommen, vorbereitet auf ein spannendes Erlebnis, und er war entschlossen, dies zu bekommen.'

'Für einige Sekunden harrten wir beide auf der Mauer in atemloser Stille aus, dann ließ sich Alec behutsam herunterfallen, in einer waghalsigen Missachtung dessen, was ihn da erwarten würde.'

'Ich, der in diesem Moment mehr die Gefahr fürchtete für immer als Feigling gebrandmarkt zu sein, wenn ich zögerte, kam ängstlich hinterher. Durch einen großen Glücksfall landeten wir sanft auf einem weichen Belag aus Moos.'

'Kein Wort wurde gesprochen. Mit Händen und Füßen auf dem Boden, und geleitet von einer dunklen Laterne, die Alex gebraucht vom Dorfschmied gekauft hatte, krabbelten wir auf allen vieren vorwärts auf einem schmalen, mit Dornengestrüpp bedeckten Pfad, der uns nach unzähligen Windungen schließlich zu einer breiten Lichtung brachte, umsäumt an allen Seiten von hohen Bäumen.'

'Alec erkundete zuerst den Platz, um zu sehen, dass keine Wächter in der Nähe waren und dann, als wir herauskrabbelten und zu den nächstgelegenen Kaninchenhöhlen kamen, gingen wir sofort mit unseren Frettchen ans Werk. Drei Kaninchen wurden auf diese Weise gefangen, und wir warteten gespannt darauf, weitere zu erhaschen, als uns ein Gefühl von eisiger Kälte überkam.'

'Als wir uns umsahen, erkannten wir, zu unsrer allergrößten Bestürzung, einen sehr großen Wächter, der nur ein paar Meter von uns entfernt stand. Endlich einmal war auch Alec perplex und Totenstille kehrte ein.'

'Es war zu dunkel um uns herum, um die Gestalt des Wächters sehr deutlich wahrzunehmen, und wir konnten nur ein glänzendes, weißes Gesicht erkennen, vor einer sehr verschwommenen, aufrechten Gestalt und ein rundes, schimmerndes Etwas, das uns beide sehr verblüffte.'

'Dann beschlich mich langsam das Gefühl, dass vielleicht gar kein Wächter war, und in einem krampfhaften Anfall von Furcht ergriff ich Alec, der von Kopf bis Fuß zitterte, als hätte er Schüttelfrost.'

'Die Gestalt blieb, für etwa eine Minute, völlig ruhig stehen, während weder Alec noch ich irgendeinen Muskel bewegen konnten. Dann, mit einer abrupten Bewegung, kam sie auf uns zu.'

'Halb tot vor Angst, aber nur zu dankbar, dass wir den Gebrauch unserer Gelenke wiederentdeckt hatten, ließen wir unsere Beute liegen und rannten um unser Leben in Richtung der Mauer.'

'Wir trauten uns nicht, zurückzuschauen, aber wir wussten, dass die Gestalt uns folgte, da wir Fußschritte, nahe an unseren Fersen, hörten. Und niemals, bis zu meinem Todestag, werde ich den Klang vergessen – rat-tat, tat, ra-tat, tat, wie das Schlagen eines Trommelwirbels.'

'Wie wir es schafften, die Mauer zu erreichen, könnte ich nie erklären, aber als wir über sie krabbelten, unbeachtet der Fußangeln und Prellungen, und in das Heidekraut auf der anderen Seite purzelten, hörten wir, wie die gruseligen Fußschritte in Richtung Schloss zurückgingen, und bevor wir unser Zuhause erreicht hatten, war das rat-tat, tat, rat-tat, tat, völlig verstummt.'

'Wir erzählten keinem auch nur ein Wort von dem, was passiert war, und ein paar Tage später, gleichzeitig mit dem Tod von einem der Airlies, erfuhren wir, zum ersten Mal, von der Geschichte des Geistertrommlers.'

'Ich habe wenig Zweifel', fügte Mr. Porter zusammenfassend hinzu, 'dass die Gestalt, die wir für einen der Wächter hielten, der prophetische Trommler war, denn ich kann Ihnen versichern, dass es da keine Gelegenheit für einen Scherzbold gab, irgendwo in der Nähe von Cortachy Castle, besonders in einer solch unglücksbringenden Gestalt.'

'Armer, alter Mr. Porter. Er lebte nicht mehr lange nach unserem Zusammentreffen. Als ich das nächste Mal das Hotel besuchte, einige Monate später, war ich echt betrübt, als ich von seinem Ableben hörte.'

Seine Geschichte hat mich sehr fasziniert, da ich die Einsamkeit um die Kiefern herum liebe und selbst von Zeit zu

Zeit, im Schatten ihrer hohen Wipfel, Zeuge von übersinnlichen Phänomenen wurde.

Eines Nachts, während meines zweiten Besuchs in dem Hotel, überkam mich das Gefühl umherstreifen zu wollen. Unfähig dem verführerischen Gedanken eines mitternächtlichen Spaziergangs über die farnbedeckten Hügel zu widerstehen, borgte ich mir einen Hausschlüssel und, bewaffnet mit einer Flasche Whisky und einem dicken Stock, tauchte ich in die vom Mondlicht beleuchtete Nacht.

Die feine, nach Heidekraut duftende Luft, wirkte wie ein Elixier – ich fühlte mich jünger und stärker, als ich mich für Jahre gefühlt hatte. Ich beglückwünschte mich, dass mich meine Freunde wohl kaum wiedererkennen würden, sollten sie mich jetzt sehen, da ich mit einem wiederbelebten Schritt, wie vor zwanzig Jahren, herumschlenkerte.

Für Kilometer um mich herum erschien die Landschaft in verblüffender Klarheit im Mondlicht, und ich hielt immer wieder einmal an, um die Schönheit der glänzenden Bergketten und der schimmernden Bergseen einzusaugen.

Es gab hier keine Seele außer mir, und ich befand mich, wie ich es liebe, als einziges menschliches Wesen inmitten der Natur. Ab und zu flatterte ein dunkler Fleck über die leuchtende Straße, und mit einem seltsamen und klagenden Schrei, schoss ein Nachtvogel von Hecke zu Hecke und schien mit dem Nichts zu verschmelzen.

Ich verließ die Landstraße auf dem oberen Teil eines Hügels und begab mich auf eine wilde Moorfläche, reich bedeckt mit Farn und weißem Heidekraut und, vermischt mit diesen, sah ich silbrige Oberflächen von zahlreichen Wasserstellen.

Für einige Sekunden stand ich still, verloren in der Betrachtung der Landschaft – seiner völligen Verlassenheit und dem tiefen Gefühl von Isolation. Gleichzeitig atmete ich, in tiefen Zügen, die köstliche Luft der Moorlandschaft ein, unverwechselbar getränkt mit dem Hauch von Ozon.

Als meine Augen am Horizont entlang wanderten, entdeckte ich, am äußersten Rand der Moorlandschaft, eine dicht gedrängte stehende Gruppe von Bäumen, die ich sofort mit dem Dickicht in der Geschichte meines alten Freundes Mr. Potter in Verbindung brachte.

Ich beschloss, dass dieses 'ruhmreiche' Dickicht mein Ziel sein sollte, und ging sofort darauf zu, indem ich entschlossen auf dem Pfad loszog, von dem ich meinte, dass er mich dorthin führen würde.

Eine halbe Stunde zügigen Wanderns brachte mich an meinen Bestimmungsort, und ich fand mich gegenüber einer Mauer aus Granitsteinen wieder, die ich in meiner Vorstellung problemlos als diejenige erkannte, die Mr. Potter so gut beschrieben hatte.

Ich entfernte die Dornensträucher und den Stechginster, die wenig von meinen Stümpfen ganz gelassen hatten, und ging zur Mauer. Mit meinem Körper konnte ich abmessen, dass sie gute dreißig Zentimeter höher war als ich. Das bedeute, eher mehr klettern zu müssen, als ich mir vorgestellt hatte. Aber die Kiefern – die düstere Stille ihrer schlanken Gestalt und sanften Schwankungen ihrer Wipfel – faszinierten mich. Sie sprachen von möglichen Erscheinungen, die nur wenige sehen und wahrnehmen konnten, wie ich – Erscheinungen eines waldigen Trugbilds, verstärkt durch das mystische Strahlen des Mondes.

Eine Eule schrie, und das Rascheln von Gestrüpp sagte mir, dass sich in meiner unmittelbaren Nähe ein pelziges Wühltier am Boden befand. Hoch über diesem, viel weiter entfernt als die Spitzen meiner geliebten Bäume oder die Gebirgszüge, eingeätzt in das dunkle Firmament, schienen zahlreiche Sterne, sogar die Ringe um den Saturn herum waren deutlich wahrnehmbar.

Von der Milchstraße aus wanderten meine Augen schließlich zu den Kiefern, und ein Luftzug, beladen mit dem Geruch von Harz und verfaulendem Gestrüpp, gab mir ein Gefühl der Entschlossenheit. Ich nahm einige vorbereitende Schlucke vom Whisky, streckte meine eingerosteten Glieder und, nachdem ich einen Fuß in eine zerklüftete Spalte der Mauer setzte, stemmte ich mich ächzend nach oben.

Wie langsam und wie gefährlich war doch dieser Prozess! Ich verkratzte meine Finger, denn ich war an Schreibgerät gewöhnt und nicht an gröbere Dinge. Ich ruinierte meine Kalbslederstiefel, ich zerriss meine Hosen bei den Knien, und ich fühlte, dass mein Hut für immer seine Form verloren hatte, und dennoch fuhr ich fort mit meiner Kletterei.

Das Ende kam allzu plötzlich. Als ich mich unmittelbar vor dem Triumph befand, gab ich einem Impuls nach, und mit einer Energie, die nur der beklagenswerte Zustand meiner Haut und Kleidung erklären konnte, schwang ich mich nach oben und der äußere Rand der Mauer löste sich auf.

Meine Hände klammerten sich an nichts, ein grässliches Gefühl des Fallens schoss durch mein Gehirn, meine Augen und Ohren füllten sich bis zum Platzen, und mit einem schrecklichen Krachen, der meinen Kopf und die Wirbelsäule direkt durch meinen Magen zu treiben schien, traf ich auf das schwarze, mir entgegenkommende Erdreich und verlor das Bewusstsein.

Zum Glück bin ich mit dem Kopf zuerst in einen Ginsterbusch gefallen, der den Fall abgebremst hat, andernfalls hätte ich mich ernsthaft verletzt.

So wie es aussah, als mich von meinem momentanen Bewusstseinsverlust erholt hatte, stellte sich heraus, dass ich nichts Schlimmeres erlitten hatte als ein heftiges Durchschütteln, Kratzer in Hülle und Fülle und die völlige Zerstörung meiner Kleider! Mühsam rappelte ich mich auf und verbrachte einige Zeit damit, meinen Hut und Stock zu suchen – die ich schließlich entdeckte, natürlich dort, wo man am wenigsten nach ihnen suchen würde.

Ich nahm meine Umgebung in Augenschein und fand sie noch grimmiger, als ich erwartet hatte. Obwohl die Bäume dicht beieinanderstanden und es viel Unterholz gab, waren die Mondstrahlen so mächtig und so voll auf das Dickicht gerichtet, dass ich ziemlich weit sehen konnte.

Über allem hing eine feierliche und übernatürliche Stille. Ich sah überall Schatten – Schatten, die man nicht verstehen konnte, da sie keine festen Gegenparts hatten.

Ein plötzliches Knicken von Reisig ließ mich innehalten und schickte das Blut in Schüben zu meinem Herz. Dann lachte ich laut, es war nur ein Hase, das schönste und keckste Ding, das man sich vorstellen konnte.

Ich ging weiter. Etwas zischte an meinem Gesicht vorbei und ich wich im Schrecken zurück – es war eine Fledermaus, nur eine Fledermaus. Meine Nerven waren außer Gefecht, der Sturz hatte sie instabil gemacht. Ich muss mich zusammenreißen. Ich tat dies und ging weiter.

Ein Schatten, lang, schmal und grotesk, fiel über meinen Weg und sandte Tausende von eisigen Schauern meinen Rücken hinunter. Erschrocken schloss ich meine Augen und stürzte wie verrückt weiter voran.

Etwas schlug mir ins Gesicht und warf mich zurück. Ich öffnete unwillkürlich meine Augen und sah einen Baum, der sich, entweder aus Groll oder reinem Starrsinn, bis zur Hälfte des Weges ausgebreitet hatte. Ich untersuchte die Äste, um mich zu versichern, dass es Äste waren, und setzte meinen Marsch fort.

Ein paar Schritte noch, eine plötzliche Biegung, und ich war auf offenem Gelände, prächtig beleuchtet von den Strahlen des Mondes und bevölkert von zahllosen, sich bewegenden Schatten. Man müsste schon sehr weit gehen, um einen Platz zu finden, der einen wilderen, unheimlicheren und grimmigeren Eindruck macht.

Als ich so dastand und in ehrfürchtigem Staunen auf die Landschaft schaute, schüttelte eine leichte Brise die Spitzen der Kiefernbäume, und das Ächzen, durch die langen und düsteren Gänge, hallte nach wie Donner. Die Klänge, die leicht, sehr leicht, einen Trommelwirbel andeuteten, brachten das leibhaftige Bild eines Trommlers mit sich, zu leibhaftig in dem Moment, um angenehm zu sein, und ich drehte mich um und ging.

Zu meinem vollkommenen Schrecken stellte sich ein weißes und schreckliches Ding in meinen Weg. Mein Herz hörte auf zu schlagen, mein Blut wurde zu Eis. Ich war krank, absolut krank vor Furcht. Zudem hatte mich die Gestalt in ihren Bann gebracht – ich konnte mich weder bewegen, noch einen Laut von mir geben.

Sie hatte ein weißes, völlig weißes Gesicht, eine große, dünne, aufrechte Figur und einen kleinen, funkelnden, runden Kopf. Für einige Sekunden blieb sie auf der Stelle stehen, und dann, mit einer gleitenden Bewegung, verließ sie den Weg und verschwand in den Schatten.

Es wehte wieder eine Brise durch die Spitzen der Kiefernbäume, und das Ächzen durch die langen und düsteren Gänge hallte nach wie Donner; rat-tat, tat, rat-tat, tat, und mit diesem Klang, der in meinen Ohren trommelte, setzte ein Reflex ein, und ich hörte nicht auf zu rennen, bis ich mein Hotel erreicht hatte.

Schottische Landschaft, Robert Duncanson, 1871

Fall IX

Der Raum jenseits. Wiedergabe eines Berichts über den Spuk von Hennersley, nahe Ayr

Für mich ist Hennersley das, was die Verwandlungsszene in einer Pantomime für das fantasievolle Kind ist – das verträumte Kind aus einer lang vergangenen Zeit – ein blumiges Paradies, voll von den wunderbarsten Überraschungen.

Hier in Hennersley, nach der gerade zurückliegenden Zeit des vereisten Bodens, der nunmehr durch den Frühlingsregen aufgeweicht und befeuchtet wurde, kommen sie hoch, Reihe um Reihe, die Schneeglöckchen, Hyazinthen und Lilien, in solch überragender Anmut und Schönheit, dass ich staunend meinen Atem anhalten muss, und verzückt ein Te Deum* für die Feen singe, die eine solche weiß gekleidete Pracht geschickt haben.

[* feierlicher Lob und Bittgesang der christlichen Kirche].

Und dann – noch ehe mein Erstaunen sich gelegt hatte, ist es Sommer. Der Boden öffnet sich und es bildet sich, auf allen Seiten, ein regelrechtes Meer von lebendigen und bunt gemischten Farben – scharlachrote, rosa und weiße Geranien, rote, weiße und gelbe Rosen, goldenes Geißblatt, leuchtende Ringelblumen, purpurne Stiefmütterchen, bleiches Vergissmeinnicht, Mauerblümchen, Süßerbsen, vielfarbige Azaleen, prächtige Hortensien, riesiger Rhododendron, Fingerhut, Butterblumen, Gänseblümchen, Stockrosen und Heliotrop*, eine florale Ansammlung, zu mannigfaltig, um alles aufzuzählen [* Blume, auch Sonnenwende genannt].

Überwältigt von der Bewunderung, fassungslos vor Glück, knie ich mich auf den weichen Grasteppich, vergrabe mein Gesicht in immer neue Bündel von üppigen, duftbeladenen Blütenblättern und fülle meine Lungen mit dem Nektar, der meine Seele inspiriert.

Mein Rausch war noch nicht abgeklungen, als meine Augen immer deutlicher wahrnahmen, dass die Erde, um mich herum, reichhaltig mit den Resten meiner blumigen Freunde bedeckt war. Ich sprang eiligst auf die Füße und sah plötzlich, als ich ängstlich um mich schaute, die fröhlich nickenden Köpfe der Neuankömmlinge – Dahlien, Sonnenblumen, Anemonen und Chrysanthemen.

Als ich weiter so staunend umherblickte, erreichte der Duft von süßen Äpfeln aus den Obstgärten von Hennersley meine Nase. Ich drehte mich um und da, direkt vor mir, sah ich eine Reihe von reich beladenen Obstbäumen. Ihre Blätter erschienen wie strahlendes Kupfer in den schillernden Strahlen der rötlichen Herbstsonne.

Ich schnappte nach Luft – die Schönheit der Farbe und Tönungen übertraf alles, was ich bisher gesehen hatte – es ist überwältigend, der große Höhepunkt der Verwandlung.

Als der Vorhang gefallen war, mit dem Herannahen des Winters, eilte ich zurück zu meinem Heim in Edinburgh und betete für die baldige Rückkehr des Frühlingsbeginns.

Für viele Jahre lebten meine hochbetagten Verwandten, Miss Amelia und Miss Deborah Harbordeens, in Hennersley, die außergewöhnlichsten und gütigsten alten Ladys, welche das menschliche Urbild der Blumen waren, welche sowohl sie, als auch ich, liebten.

Miss Amelia, mit ihrem charmanten Wesen, ihren runden Formen und ihrer königlichen Miene, hatte für mich, in meiner kindlichen Vorstellung, mehr, viel mehr, als nur die bloße Ähnlichkeit mit einer Rose, während Miss Deborah, mit ihrer lebhaften Anmut und dem goldenen Haar, nur als Frau verkleidet war – in Wirklichkeit war sie eine Narzisse.

Anders als so viele vom schönen Geschlecht, die sich für die Gartenarbeit interessieren, waren meine Tanten äußerst zierlich. Ihre Figur war wohlproportioniert und elegant, ihre Hände schmal und sanft. Ich hatte sie niemals ohne Handschuhe bei der Arbeit gesehen, und ich habe guten Grund zu der

Annahme, dass sie ihre Finger jede Nacht mit einer Salbe einrieben, um sie sanft und weiß zu halten.

Sie waren nicht – ganz bestimmt nicht – klug, noch hatten sie etwas Besonderes erreicht, da sie nie ein Studium der höheren Künste absolviert hatten, aber sie zeigten die leidenschaftlichste Wertschätzung von Malerei, Musik und Literatur. Ihre Bibliothek – eine sehr große – rühmte sich als eine wunderbare Herberge für Autoren wie Jane Austen, Miss Mitford und Maria Edgeworth.

In ihrem Salon, an dessen Wänden die Kunst, sowohl der alten, als auch der neuen Meister vertreten war, konnte man ein gut gestimmtes Broadwood- und ein Bucksen Cembalo bewundern und manchmal auch hören – da die Harbordeens-Damen ihre Gesellschaft oft damit unterhielten.

Ich will dieses altweltliche Domizil nicht so beschreiben, wie ich es zum ersten Mal sah, da ich erst ein Jahr alt war, als ich meine Tanten Amelia und Deborah besuchte, sondern so, wie ich es später erstmals in Erinnerung behalten habe – ein prächtiges Haus, mit einem Dach mit vielen Giebeln und rautenförmigen Fensterscheiben.

Das Haus stand am Rande einer Privatstraße – diese breite, endlose Straße, die von Gott weiß wo im Norden herkam, und durch Ayr führend – die nächstgelegene Stadt von Bedeutung – nach Gott weiß wo im Süden ging.

Durch ein hölzernes Drehtor, beschriftet mit 'Hennersley', in ordentlichen, weißen Buchstaben, gelangte man hinein auf eine schattige Allee, die über eine kurvenreiche Strecke zum Haus führte, und keine Spur von ihm konnte man von der Straße aus erkennen.

Vor ihm erstreckte sich ein großflächiger Rasen, der auf beiden Seiten und bis zu den entferntesten Enden, mit einem dichten Bewuchs von Kastanienbäumen, Buchen, Pappeln und immergrünen Pflanzen begrenzt war.

Das Gebäude selbst war in seltsamer Weise konstruiert. Es bestand aus zwei Stockwerken und teilte sich auf, in ein Hauptgebäude, und nur einen Flügel.

Dies verlieh ihm ein eigenartig schiefes Erscheinungsbild, was mich etwas grotesk an einen Hahn erinnerte, mit einem kurzen, abgeschnittenen Schwanz.

Es lag mir oft auf der Zunge, meine Verwandten nach den Gründen für dieses sonderbare Ungleichgewicht zu fragen, ob es nur das Resultat von einer Laune des Architekten war, oder ob dies durch ein Unglück verursacht wurde. Meine Neugier wurde aber immer durch das seltsame Gefühl zurückgehalten, dass meine Verwandten nicht auf dieses Thema angesprochen werden wollten.

Meine Tanten Amelia und Deborah gehörten zu derjenigen Kategorie von Leuten, die – leider sehr selten vertreten – eine Kraft besaßen, die bei anderen eine instinktive Wahrnehmung von 'gefährlichem Terrain' erzeugte – eine Kraft, die sie befähigte, sowohl für sich selbst, als auch für mögliche Missetäter, manch unangenehme Situation zu vermeiden.

Um fortzufahren: Die Nacktheit der Wände von Hennersley wurde verhüllt – und dabei muss man sagen, dass dies nicht so konzipiert war – durch einen dicken Überzug von Klematis und Efeu, und in Letzterem fanden unzählige Arten von befiedertem Volk einen guten und sicheren Zufluchtsort.

Beim Betreten des Hauses kam man unmittelbar in eine große Eingangshalle. Eine Galerie ging rings herum, und in der Mitte erhob sich eine breite Eichentreppe. Die großen Räume, tief und lang in der Form, waren, mit einer Ausnahme, miteinander verbunden; die Fußböden waren aus Eichenholz und die Decken wurden von gewichtigen Eichenbalken durchkreuzt.

Auch die Feuerstellen waren von älterer Bauart, und in den bequemen Kaminecken liebten es meine Tanten, im Winter zu lesen oder zu stricken. Wenn das warme Wetter gekommen war, machten sie einen ähnlichen Gebrauch von den tief eingesetzten Fenstersimsen, und diese gestatteten mir, mit der Nachsicht meiner Tanten, über diese hinweg und hinaus auf den Rasen zu klettern.

Das Sonnenlicht war ein besonderes Merkmal auf Hennersley. Es bahnte sich seinen Weg durch die vergitterten Scheiben und beleuchtete das Haus mit einem Glanz, einem sanften goldenen Glanz, den ich sonst niemals irgendwo gesehen habe.

Meine Verwandten hatten wohl eine ganz besondere Anziehungskraft für das Sonnenlicht. Egal wo sie gesessen haben, schien ein Strahl auf sie, heller als der Rest. Als sie aufgestanden sind, bemerkte ich, dass er sie immer begleitete und von Raum zu Raum und entlang der Korridore verfolgte.

Dies war aber nur eines von vielen angenehmen Geheimnissen, welches zur Freude bei meinen Besuchen auf Hennersley beitrugen. Ich war mir sicher, dass das Haus verzaubert war – dass es unter der Kontrolle eines gütigen Wesens war, was ein besonderes Interesse am Wohlergehen meiner Verwandten hatte.

Ich erinnere mich an das eine Mal, bei der Gelegenheit meines gewohnten Guten-Morgen-Grußes an Miss Amelia, die grundsätzlich im Bett frühstückte, als ich den höchst köstlichen Duft von Heliotrop einatmete. Er wehte mir entgegen, in einem kühlen Luftstrom, als ich mich ihrem Bett näherte, und es erschien mir, in meiner kindlichen Fantasie, wie das freundliche Grüßen eines glitzernden Sonnenstrahls zu sein, der auf Miss Amelias Kissen lag.

Ich war so entzückt von dem Duft, dass ich – leider! – meine Manieren vergaß, ein lautes Schnuppern von mir gab und mit einem schwärmerischen Lächeln den Ruf ausstieß, 'Oh! Tante! Wie Kirschkuchen!'* [* im Englischen wird Heliotrop (heliotrope) gelegentlich auch 'Cherry Pie' (wie der Kirschkuchen) genannt].

Miss Amelia zuckte zusammen. 'Mein liebes Kind!', rief sie aus. 'Wie geräuschlos du hier reingekommen bist!'

'Ich hatte keine Ahnung, dass du im Raum warst. Heliotrop ist der Name des Duftes, meine Liebe, aber bitte spiele nicht mehr darauf an. Deine Tante Deborah und ich haben es sehr lieb gewonnen' – hier seufzte sie – 'aber aus bestimmten Gründen – Gründe, die du nicht verstehen würdest – gefällt es uns nicht, wenn das Wort Heliotrop erwähnt wird. Gib mir einen Kuss, meine Liebe, und lauf weg zu deinem Frühstück.'

Vielleicht zum ersten Mal in meinem Leben war ich sehr verwirrt. Ich konnte nicht einsehen, warum es mir verboten sein sollte, mich auf ein solch angenehmes und harmloses Thema zu beziehen – ein Thema das, von welcher Position auch immer betrachtet, nicht im geringsten Grad taktlos erschien. Je mehr ich darüber nachdachte, desto mehr war ich davon überzeugt, dass es eine Verbindung gab zwischen dem Duft und den Sonnenstrahlen, und ich war sicher, dass darin viel von dem Geheimnis lag.

Das Haus war vom Spuk heimgesucht – zugegebenermaßen, zauberhaft heimgesucht – von einem goldenen Licht, einem mit Duft erfüllten, strahlenden Licht, das in meinen Gedanken nur einen Ursprung haben konnte, einen Schöpfer – Titania – Titania, die Königin der Feen, der Schutzengel meiner gealterten, extrem, gealterten Verwandten.

'Tante Deborah', sagte ich eines Morgens, als ich sie häkelnd in der Nische des Frühstückszimmerfensters sitzen sah, 'Tante Deborah, du liebst das Sonnenlicht, nicht wahr?'

Sie drehte sich mit erschrockenem Gesicht zu mir hin. 'Was bringt sich dazu, solch seltsame Fragen zu stellen, Kind?', sagte sie. 'Natürlich liebe ich die – Sonne. Die meisten Leute tun das. Das ist nichts Ungewöhnliches, besonders in meinem Alter.'

'Aber die Sonnenstrahlen folgen nicht jedem, Tantchen, nicht wahr?', bohrte ich weiter.

Tante Deborahs Häkelzeug fiel in ihren Schoß.

'Wie eigenartig du fragst', sagte sie, mit einem merkwürdigen Zittern ihrer Lippen. 'Wie können die Sonnenstrahlen jemandem folgen?'

'Aber sie machen das, sie machen das wirklich!', rief ich. 'Ich habe oft beobachtet, wie ein breiter Strahl von goldenem

90

Licht Tante Amelia und dir gefolgt ist, in verschiedene Teile des Raums, und es hat sich jetzt auf deinen Spitzenkragen gelegt.'

Tante Deborah schaute mich jetzt sehr ernst an, aber das Feuchtwerden ihrer Augen schrieb ich dem starken Licht zu. 'Esther', sagte sie und legte ihre sanften Hände auf meine Stirn, 'es gibt da Dinge, von denen Gott nicht will, dass sie kleine Mädchen verstehen – frag mich nicht mehr!'

Ich gehorchte, aber fortan fühlte ich mich mehr als je zuvor sicher, dass meine Tanten, bewusst oder unbewusst, ihren bezaubernden Wohnsitz mit einem kapriziösen Geist teilten, dessen Existenz in ihrer Mitte ich zufälligerweise gewahr wurde. Mehr über die verzauberte Nachbarschaft und sein mysteriöses Refugium zu erfahren, war nun eine Sache, die mich ganz in Beschlag nahm.

Ich verbrachte Stunden damit, durch die Korridore zu streifen, durch die Wäldchen und meine geliebten Blumengärten, in eifriger Suche nach einem Platz, den ich, ohne zu zögern, als das Zuhause des Geistes bejahen konnte. Ich hoffte sehnlichst, dass die Sonnenstrahlen mir folgten, und dass mich eine Brise begrüßen würde, angefüllt mit dem kühlen Geruch von Heliotrop, wie sie es bei Tante Deborah tat.

Am Tage war ganz Hennersley nur Sonnenschein und Blumen. Wo auch immer ich herumwanderte, fühlte ich mich nie alleine oder ängstlich. Als das Licht aber nachließ, sah und fühlte ich eine subtile Veränderung, die über alles kroch.

Die langen Schneisen zwischen den Bäumen, die mir morgens friedlich und schattig erschienen, füllten sich, nach und nach, mit seltsam furchterregenden Schatten; der Farbton der breiten Grasnarben vertiefte sich in eine Dunkelheit, die ich mich nicht traute zu erforschen, während im Haus, in all seinen Passagen und Ecken, ein Dämmerlicht aufkam, scheinbar wie von den Eingeweiden der Erde kommend und vielerlei Vorstellungen von Schreckgespenstern mit sich brachten.

Mit meinen Verwandten habe ich nie über diese Dinge gesprochen, teils, weil ich mich für meine Feigheit geschämt hatte

91

und teils, weil ich eine neue Zurechtweisung fürchtete. Wie habe ich gelitten! Und wie verspottete ich am Morgen meine Qualen, wenn alle Spuren der Dunkelheit ausgelöscht waren, und inmitten der strahlenden Blüte der Bäume, dachte ich nur an Heliotrop und Sonnenstrahlen.

Eines Nachmittags führte mich meine Suche nach dem Aufenthaltsort des Geistes auf die flügellose Seite des Hauses, die ich selten besuchte.

Am Fuße der mit Efeu bedeckten Mauern, und direkt in deren Zentrum, war ein weißes Beet von Blumen angelegt, jede von ihnen war weiß. Aber warum weiß? Wieder und wieder stellte ich mir diese Frage, aber ich wagte nicht, dies bei meinen Verwandten zur Sprache zu bringen. Ein gänzlich weißer Garten war sicherlich ein Rätsel – und zu jedem Rätsel gibt es unzweifelhaft einen Schlüssel.

War dieser Garten, der ganz weiß war, in irgendeiner Weise mit den Sonnenstrahlen und dem Heliotrop verbunden? War es ein weiteres Geheimnis, das Gott vor kleinen Mädchen verbarg? Könnte dies das Zuhause des Geistes sein? Letztere Idee war mir kaum in den Sinn gekommen, als daraus eine Überzeugung wurde. Natürlich! Da gab es überhaupt keinen Zweifel – es war das Zuhause des Geistes.

Die weißen Blütenblätter waren nun für mich eine Quelle von eigenartigem Interesse geworden. Ich war fasziniert – die Minuten flogen vorbei und ich war immer noch da. Erst als die Sonne am weit entfernten Horizont verschwunden war und auch die grimmigen Schatten der Dämmerung über mir von den angrenzenden Bäumen und Büschen, wachte ich auf aus meinem Tagtraum – und floh!

In dieser Nacht – nicht in der Lage zu schlafen, wegen der Aufregung über meine Entdeckung des Zuhauses des Geistes – lag ich wach, und meine ganzen Gedanken konzentrierten sich auf eine, die Seele fesselnde Begierde, die leidenschaftliche Begierde, die Fee von Hennersley zu sehen – ich hatte vorher nie von Geistern gehört – und ihre Geschichte zu erforschen.

Mein Schlafzimmer war auf halbem Weg den Gang hinunter, der vom oberen Ende der Treppe zum äußersten Ende des Flügels führte.

Nachdem ich Gute Nacht gesagt hatte, sah ich meine Tanten nicht mehr bis zum Morgen – sie hatten mich niemals, unter keinen Umständen besucht, nachdem ich im Bett war. Deshalb wusste ich, dass ich, nachdem ich mich zur Nachtruhe zurückgezogen hatte, für fast zwölf Stunden kein menschliches Gesicht sehen oder eine menschliche Stimme hören würde.

Dieser Umstand – als ich an den Geist mit seinen goldenen Lichtstrahlen und dem Duft von Heliotrop dachte – machte mir keine Sorgen. Es war nur dann, wenn meine Gedanken sich nicht in diese Richtung bewegten, dass ich Furcht empfand, und diese Furcht war nicht wegen der Dunkelheit als solcher, aber wegen dem, was die Dunkelheit vermuten ließ.

In dieser bestimmten Nacht, während der ersten paar Stunden, war ich unglaublich glücklich, und dann erfasste mich eine seltsame Unruhe. Ich war besessen von dem Wunsch, den Blumengarten zu sehen. Für einige Minuten, angestachelt von einem Bestreben, das meine Tanten für eine Missachtung der Gehorsamkeit eines Kindes halten würden, kämpfte ich wild gegen das Verlangen, aber schließlich war das Bedürfnis so groß, so zutiefst und gänzlich unwiderstehlich, dass ich nachgab, leise aus dem Bett stieg und mich lautlos auf den Weg in den Gang machte.

Es war alles dunkel und still – stiller als ich es je zuvor gekannt hatte. Ohne zu zögern, stürzte ich voran, in Richtung der flügellosen Seite des Hauses, wo es ein langes, enges, bunt verglastes Fenster gab, welches einen unmittelbaren Ausblick auf den weißen Garten ermöglichte.

Selten habe ich aus ihm herausgesehen, da, bis jetzt, diese Seite des Hauses wenig attraktiv für mich war, aber alles war nun anders. Als ich mich vorsichtig auf meinen Weg den Korridor entlang tastete, strömten tausendundein fantasievolle Gedanken, von dem, was ich sehen würde, durch mein Gehirn.

Ich kam zum Ende des Korridors, ging ein halbes Dutzend Stufen hinunter, und kam dann zur Mitte der Galerie, von welcher man die große Eingangshalle überblicken konnte. Unter mir, über mir, auf allen Seiten von mir, war eine schauerliche Dunkelheit. Ich hielt inne, und plötzlich erklang, offensichtlich aus der Nähe, ein lauter, klarer, schrecklich klarer, markerschütternder Schrei, der gedämpft begann und in einem so schaurigen Kreischen endete, rau und durchdringend, dass ich fühlte, wie mein Herz in mir zusammenschrumpfte, und in schierer Verzweiflung steckte ich meine Finger in die Ohren, um den Klang abzuschwächen.

Ich war nunmehr so verängstigt, dass ich mich in keine Richtung mehr bewegen konnte. Alle Kraft wich aus meinen Gelenken, und als ich versuchte, meine Füße zu bewegen, konnte ich es nicht – sie schienen wie mit Bleigewichten am Boden festgebunden.

Ich fühlte, fühlte instinktiv, dass der Verursacher der Störung, meine Furcht mit grimmiger Zufriedenheit betrachtete und nur deshalb weitere Aktionen verschob, um meine Ungewissheit zu genießen. Um mich vor dem Anblick dieser schrecklichen Gestalt zu schützen, presste ich meine Augenlider fest zusammen, während ich Gott ernsthaft anflehte, mir zu helfen.

Plötzlich hörte ich, wie das tiefe Wehklagen fortgesetzt wurde und das Echo einer entfernten, sanften Stimme, die gedämpft durch die Dunkelheit zu mir kam. 'Es war eine Eule – nur eine Eule!' Sehr schnell dämmerte mir die Wahrheit, und als ich meine klammen Fingerspitzen aus meinen Ohren nahm, erreichte mich das schwache Flattern von Flügeln durch ein offenes Oberlicht.

Ich ging wieder weiter, die Galerie lag hinter mir, und ich kam gut voran auf meinem Weg, dem verschlungenen Weg hinunter, der zu meinem Ziel führte, als ein leuchtendes Objekt, von enormer Höhe und zylindrischer Gestalt, plötzlich mein Fortkommen blockierte.

Überkommen von einer mörderischen Übelkeit, sank ich auf den Boden, begrub mein Gesicht in meinen Händen und war überzeugt, dass meine letzten Momente gekommen waren.

Wie lange ich in dieser Position verharrte, kann ich nicht sagen; mir erschein es wie eine Ewigkeit. Schließlich wurde ich durch das Echo eines sanften Lachens befreit, so gütig, und fröhlich, und mädchenhaft, dass meine Furcht sofort verflog. Als ich meinen Kopf hob, stellte ich fest, dass der Grund für meine Panik nicht mehr war, als ein breiter Strahl des Mondlichts, an einer besonders hervorspringenden Ecke der Wand.

Äußerst beschämt über meine Feigheit, stand ich auf und marschierte zügig vorwärts und erreichte bald das Buntglasfenster. Ich presste mein Gesicht an die Scheibe, spähte durch sie hinaus und da, direkt unter mir, waren die Blumen, verklärt in schillerndes Gold durch die gelbe Farbe des Glases. Der Anblick verzauberte mich mit Freude – es war grandios. Mein Instinkt hat mich nicht betrogen, das war in der Tat das lang gesuchte Zuhause des Geistes.

Die Temperaturen, die noch hoch waren, unnormal für den Monat Juni, veränderten sich nun abrupt, und ein kühler Luftzug, der in meinem Rücken herunterkam, ließ meine Zähne klappern. Ich schreckte unwillkürlich vom Fenster zurück, und als ich dies tat, verschwand es zu meinem totalen Erstaunen und ich sah, an seiner Stelle, einen Raum.

Es war ein langer, niedriger Raum, und mir gegenüber, am hintersten Ende, war ein großes Erkerfenster, durch das ich die nickenden Baumwipfel sah. Das ganze Mobiliar war grün und von einer helleren und zierlicheren Machart, wie ich es bisher gesehen hatte.

Die Wände waren mit Bildern bedeckt, das Kaminsims mit Blumen geschmückt. Während ich eifrig damit beschäftigt war, all diese Details zu betrachten, öffnete sich die Tür des Raumes, und die Schwelle wurde prachtvoll von einem strahlenden Sonnenstrahl beleuchtet, aus dem plötzlich die Gestalt von einem jungen und liebreizenden Mädchen hervortrat.

In diesem Moment kann ich sie wieder vor mir sehen, so wie ich sie damals sah – groß und schlank, mit wallendem, blonden Haar, kunstvoll zur Seite gewellt von einer flachen, schneeweißen Stirn, fein gezeichnete Augenbrauen, und lange, wundervoll violette Augen, eine gerade, zartgeformte Nase, ein festes, sehr schön proportioniertes Kinn und ein betörender Mund.

An ihrer Brust war ein Strauß von Heliotrop, welchen sie geschickt losmachte und mir dann lachend entgegenstreckte. Ich war verzaubert; ich ging einen Schritt auf sie zu. In dem Moment, in dem ich dies tat, entstellte ein wilder Blick des Schreckens ihr Gesicht und sie winkte mich zurück. Etwas rasselte gegen mein Knie, und, anstelle des Raums, sah ich nun nur noch die verschwommenen Umrisse von Bäumen durch die gelben Fensterscheiben.

Bitter enttäuscht, aber absolut sicher, dass das, was ich sah, Wirklichkeit war, wandte ich meine Schritte zurück zum Schlafzimmer und verbrachte den Rest der Nacht in tiefem Schlaf.

Nach dem Frühstück jedoch, nicht in der Lage, meine Neugier länger zurückzuhalten, suchte ich Miss Amelia auf, die einfacher zugänglich war als ihre Schwester und, als ich mir nach mehreren Versuchen endlich ein Herz fasste, platze die Geschichte meiner nächtlichen Eskapade aus mir heraus.

Meine Tante hörte still zu. Sie war stets liebenswürdig, aber bei dieser Gelegenheit übertraf sie sich selbst. 'Ich werde dich nicht ausschimpfen, Esther', sagte sie und glättete meine Locken. 'Nachdem was du gesehen hast, ist es unnütz, weiter die Wahrheit vor dir zu verstecken. Es ist vielleicht Gottes Absicht, dass du alles weißt. Vor einigen Jahren war dieses Haus nicht so, wie du es nun siehst. Es hatte zwei Flügel, und in dem einen, der nicht länger existiert, war das Schlafzimmer, das du in deinen Visionen gesehen hast. Wir nannten es das grüne Zimmer, denn alles darin war grün. Deine Tante Alicia – eine Tante, von der du nie etwas gehört hast – schlief darin und hatte eine besondere Vorliebe für diese Farbe.'

'Alicia war unsere jüngste Schwester, und sie wurde von uns allen innig geliebt. Sie war genau so, wie du sie beschrieben hast – schön wie eine Fee, mit goldenem Haar und violetten Augen, und sie trug immer einen Strauß von Heliotrop an ihrem Kleid.'

'Eines Nachts, in einer lieblichen, ruhigen Mittsommernacht, vor vierzig Jahren, sind Diebe in das Haus eingebrochen. Sie sind durch das Fenster im grünen Raum eingedrungen, das wegen des warmen Wetters offenstand. Wir – meine Mutter, deine Tante Deborah und ich – wurden durch einen lauten Hilfeschrei aufgeweckt. Als wir Alicias Stimme erkannten, sprangen wir aus dem Bett, riefen die Diener herbei, und rannten, so schnell wir konnten, zum grünen Zimmer.'

'Zu unserem Entsetzen, Esther, war die Tür verschlossen, und bevor wir sie öffnen konnten, hatten diese brutalen Menschen sie ermordet. Sie entwischten durch das Fenster und wurden nie gefasst. Meine Mutter, deine Großmutter, ließ diesen Teil des Hauses abreißen, und an der Stelle bepflanzte sie den weißen Garten.'

'Obwohl Alicias weltlicher Körper verstorben ist und von uns genommen wurde, ist ihr wundervoller Geist bei uns geblieben. Er folgt uns nach, am Tage in Form eines Sonnenstrahls, während sie gelegentlich nachts ihre weltliche Gestalt annimmt. Das Haus ist, wie man es gewöhnlicherweise nennen würde, vom Spuk heimgesucht und, ohne Zweifel, hätten einige Leute Angst darin zu wohnen. Aber das, Esther, ist nur so, weil sie Geister nicht verstehen – deine Tante Deborah und ich tun das aber.'

'Denkst du, Tantchen', fragte ich in freudiger Erregung, 'denkst du, es wäre irgendwie möglich, dass ich Tante Alicia heute Nacht wieder sehen könnte?'

Tante Amelia schüttelte freundlich ihren Kopf. 'Nein, mein Liebes', sagte sie langsam, 'ich denke, das wird unmöglich sein, da du heute Nachmittag nach Hause gehst.'

Fall X

Das ___ Haus nahe dem Blythswood Square in Glasgow.
Das verhexte Bad.

Als Capitain W. de S. Smythe das ___ Haus inspizierte, in der Nachbarschaft vom Blyswood Square in Glasgow, war das Badezimmer die einzige Sache, die er nicht mochte – es erschien ihm überaus düster.

Das Geheimnis der Düsterkeit lag nicht, wie er dachte, an irgendeinem bestimmten Merkmal – zum Beispiel an dem großen Wassererhitzer (obwohl es immer etwas im Erscheinungsbild eines Wassererhitzers gab, das ihn abgestoßen hatte, besonders wenn er alt und heruntergekommen war, wie es bei diesem der Fall war), oder in dem dunklen Wäscheschrank, oder in dem engen, schlitzförmigen Fenster, oder aber in dem Raum insgesamt, in seiner Atmosphäre und generellen Erscheinungsbild.

Er konnte es nicht bestimmen; er konnte es nicht mit irgendetwas anderem, was er je erlebt hatte, in Verbindung bringen. Es war die Grimmigkeit, die er nur als finster bezeichnen konnte – finster mit einer Grimmigkeit, die ihm das Gefühl gab, dass er nicht gerne alleine hier wäre, mitten in der Nacht.

Das war ein Ärgernis, denn der Rest des Hauses gefiel ihm, außerdem war die Lokalität sehr passend, die Miete moderat, sehr moderat für solch eine Nachbarschaft. Er überdachte die Sache gut, während er sich in die Türöffnung des Badezimmers lehnte. Er könnte natürlich den Raum komplett renovieren lassen – frische, ja frische Farbe und eine neue Badewanne.

Warmwasserleitungen! Ja, der Wassererhitzer sollte entfernt werden. Warmwassererhitzer sind abscheulich, gefährlich und – bäh, was für ein Unsinn! – geisterhaft!, geisterhaft! Was ein absurder Quatsch! Wie seine Frau darüber lachen würde! Das entschied die Frage. Seine Frau!

Sie hatte den leidenschaftlichen Wunsch geäußert, dass er ein Haus in der Nähe von Blythswood Square anmieten würde, wenn er eines zu vernünftigen Konditionen bekommen konnte, und hier war seine Gelegenheit. Er wird den Makler der Immobilie in sein Büro begleiten, und die vorläufigen Vereinbarungen würden dort erledigt werden.

Sechs Wochen später hatten sich er und seine Familie im Haus eingerichtet, welches immer noch nach frischer Farbe und Tapete roch. Das erste, was der Captain machte, als er dort ankam, war sich heimlich ins Badezimmer zu schleichen.

Sobald er die Tür öffnete, rutschte ihm das Herz in die Hose. Trotz vieler Veränderungen, die im Raum gemacht wurden, war die Grimmigkeit immer noch vorhanden – überall vorhanden. In der neuen, fast zwei Meter langen Badewanne, mit ihrem glänzenden, leuchtenden, hölzernen Gestell; in dem mit neuem Papier ausgelegten, neu gestrichenen Wäscheschrank; in den Wänden, mit ihren hellen, frischen Tapeten; in der schneeweißen Fläche der renovierten Decke; in der Luft – die ganze Luft war voll davon.

Der Captain war, normalerweise, sehr stolz auf sein Bad, aber in dieser neuen Unterkunft war er fest entschlossen, dass jemand anders das Bad benutzen sollte, bevor er das Experiment wagte.

Innerhalb weniger Tage hatte sich die Familie eingelebt und alle, mit Ausnahme des Captains, hatten ein Bad genommen. Egal wie oft der Wunsch vorgetragen wurde, wie verbittert die Beschwerden seiner Frau waren und wie er sich auch bemühte, er konnte nicht, er konnte sich wirklich nicht dazu bringen, sich alleine im Bad zu waschen.

Es war alles in Ordnung, solange die Tür offenstand, aber seine Frau hatte ihm resolut verboten, diese offenstehen zu lassen, und in dem Moment, wo sie sich schloss, kam seine erbärmliche Angst zurück – eine Angst, die durch nichts ausgelöst wurde, was er in irgendeiner Weise analysieren oder definieren konnte.

Schließlich, als er sich wegen seiner Feigheit schämte, machte er sich Mut, und mit einem Ausdruck entschlossener Verzweiflung in seinen Augen und um seinen Mund – ein Ausdruck, der bei seiner Frau in Lachanfälle verursachte – verließ er eines Nachts das Schlafzimmer, Kerze in der Hand, und betrat das Badezimmer. Er schloss und verriegelte die Tür, zündete eine weitere Kerze an, und, nachdem er sie beide auf das Kaminsims gestellt hatte, drehte er das Badewasser auf, und begann sich zu entkleiden.

'Ich könnte auch einen Blick in den Wäscheschrank werfen', sagte er, 'nur um mich zu versichern, dass sich niemand dort versteckt, in der Absicht, mit mir Schabernack zu treiben, da jeder im Haus weiß, dass ich dieses scheußliche Badezimmer hasse. Möglicherweise hat sich eines der Dienstmädchen das vielleicht in ihren hübschen Kopf gesetzt – Polly zum Beispiel, ich denke, sie wäre gut dazu in der Lage' – aber hier musste der Captain innehalten.

Er war nicht imstande, sich dem zu stellen, selbst vor seinem geistigen Auge, was die Situation einer solchen Vorstellung in sich bergen würde. Schon bei dem bloßen Gedanken an so etwas, kam eine dunklere Farbe in sein Gesicht und – ich muss zugeben – auch ein amüsiertes Grinsen.

Das Grinsen erlosch jedoch sofort, als er vorsichtig die Schranktür öffnete und verstohlen hineinschaute; niemand – nichts war da! Mit einem Seufzer der Erleichterung schloss er die Tür wieder, stellte den Stuhl dagegen, setzte sich nieder, und fuhr fort, sich zu entkleiden. Jacke, Weste, Unterbekleidung, alles platzierte er gefühlvoll in einem unordentlichen Haufen auf dem Fußboden, und dann, mit einem letzten zögerlichen, liebevollen Blick darauf, ging er gelassen zur Badewanne.

Seine Gelassenheit war aber nur vorübergehend. Er lief die ersten, wenigen Schritte, als aber ein Geräusch vom Kamingitter ihn erschreckte, überkam ihn plötzlich ein Gefühl von größter Ausgelassenheit. Er bückte sich mit gespielter Tapferkeit nach seinen Hosen und tanzte im Walzertakt zur Badewanne.

Es war düster, schrecklich düster, und das Wasser noch schrecklich heiß, denn, als er die Temperatur mit einer seiner gedrungenen und pummeligen Zehen fühlte, ließ ihn das ganz unwillkürlich fluchen.

Er drehte das kalte Wasser an, schlug sich ausgelassen auf seine Schenkel und fühlte wieder. Zu heiß, viel zu heiß, sogar für ihn! Er liebte die Hitze, aber nicht so stark. Er hob eines seiner fülligen Beine, um nochmals zu fühlen, als eine Wiederholung des Geräusches im Kamingitter in veranlasste, sich herumzudrehen. Er verlor das Gleichgewicht und fiel mit einem harten, sehr harten Schlag auf den Boden.

Für einige Sekunden lag er still da, zu mürrisch und gekränkt aufzustehen, aber die Zugluft unter der schlecht passenden Tür kitzelte seien nackte Haut in einer höchst schamlosen Weise. Er rüttelte sich aus seiner Lethargie auf und war gerade dabei vom Boden aufzustehen, als die Lichter ausgingen – sie gingen ohne Vorwarnung aus, und er fand sich eingehüllt in eine höchst triste Dunkelheit.

Zu sagen, er wäre erschrocken gewesen, würde es sehr milde ausdrücken – ihm war der Schreck in die Glieder gefahren – zu sehr in Panik, um daran zu denken, sich zu bewegen oder wenigstens aufzustehen, um nach den Streichhölzern zu tasten. In der Tat, als er daran dachte, stellte er fest, dass er keine Streichhölzer im Raum gesehen hatte. Er hatte auch gar keine mitgebracht, seine Frau hatte ihn zu sehr verwirrt.

In dem Augenblick, als die Kerzen erloschen sind, nahm die Grimmigkeit merklich zu und er konnte, rings um ihn herum, dicht mit der Luft in der Umgebung verschmolzen, eine überphysische Präsenz spüren, die zugleich feindselig, wie schrecklich war.

Und dann, um diesen Terror zum Höhepunkt zu bringen, kam von der Badewanne ein lautes Scheuern und Geplätscher, als würde sich eine, eine sehr schwere Person, intensiv waschen.

Das Wasser hob und senkte sich, plätscherte und sprudelte, wie es das macht, wenn jemand der Länge nach in der Wanne liegt, sich auf und ab bewegt, und dann, erst auf der einen Seite, und dann auf der anderen, anschlägt und eintaucht.

Die ganze Zeit über, um zu dem realistischen Eindruck beizutragen, hörte Captain Smythe deutlich ein Keuchen und Schnaufen und den sanften, fettigen Klang eines gut eingeseiften Waschlappens. Er verfolgte in der Tat jeden Moment des Insassen in der Badewanne, so plastisch, als würde er ihn sehen – von dem lebhaften Schrubben von Körper und Beinen, bis zu dem peniblen Reinigungsprozess von Ohren und Zehen.

Während der Badende so beschäftigt war, begann sich die Schranktür leise und heimlich zu öffnen, und Captain Smythe hörte wie der Stuhl, den er so sorgfältig gegen die Tür gelehnt hatte, langsam über den Boden geschoben wurde.

Dann kam etwas heraus – er würde alles dafür geben zu wissen was – und schlich sich in seine Richtung. Er versuchte aus seinem Weg zu krabbeln, aber er konnte es nicht. Seine Glieder arbeiteten nicht mehr mit seinem Gehirn zusammen, und als er seinen Mund öffnete, um es anzuschreien, vertrocknete seine Stimme im Hals.

Es kam auf ihn zu, und unmittelbar nachdem es seine nackte Haut berührte, wusste er, es war eine Frau – eine Frau mit einer seidenen Bluse, die mit vielen Rüschen versehen war, und in einem seidenen Unterkleid – eine Frau, die Veilchenparfüm aufgetragen hatte (ein Geruch, für den der Captain eine besondere Schwäche hatte) und zweifellos mit Schmuck behangen war.

Ihr Verhalten zeigte keine Anzeichen von Verlegenheit, als sie den Captain auf dem Boden liegen sah, aber als sie ihren eiskalten, hochhackigen Schuh auf seine Brust setzte und die andere auf seine Backe, trat sie auf ihn drauf, als wäre er ein normales Kissen oder ein Fußbänkchen, absichtlich dort als Komfort für sie platziert.

Aus der Badewanne kam ein dumpfer Ausruf, der sich in ein Luftschnappen auflöste, als die Frau, mit einer schnellen Bewegung ihrer Arme, etwas darüber warf. Was dann folgte, konnte der Captain nur ahnen, aber von den gemurmelten Verwünschungen und dem Klatschen des Wassers, erschien es ihm so, dass da nichts weniger als ein Mord stattfand.

Nach einer Weile wurden die Geräusche im Bad schwächer und schwächer, und als sie schließlich aufhörten, schüttelte die Frau, mit einem Seufzer der Erleichterung, das Wasser von ihren Armen, trat vom Captain herunter und bewegte sich in Richtung des Kamins.

Der Bann, der bis jetzt den unglücklichen Captain gefesselt hatte, war nun gebrochen. Er dachte, dass seine geisterhafte Besucherin sogleich die Flucht ergriffen hatte, und setzte sich auf. Kaum hatte er das gemacht, wurde die Dunkelheit unsanft aufgelöst. Zu seinem Schrecken sah er, wie ihn, aus einer Entfernung von ein, zwei Metern, ein leuchtendes Gesicht anstarrte, vermutlich das einer Frau. Aber was für eine Frau! Was für ein Teufel! – was für eine passende Braut für den grässlichsten von allen Dienern des Satans.

Dennoch war sie nicht ohne Schönheit – Schönheit von der besonders sinnlichen Art. Eine Schönheit die, wäre sie von Fleisch und Blut, Männer verrückt machen würde.

Ihr Haar, tiefschwarz, wellig und in der Mitte geteilt, war über ihre muschelartigen Ohren gewunden, die sich ungewöhnlich tief und weit hinten an ihrem Kopf befanden; ihre Nase war von der seltenen und unverwechselbaren Form, die man griechisch nennt; und ihr Mund – in seiner Form, ein Triumph aller himmlischen Dinge, und in seinem Ausdruck, ein Triumph von allen höllischen.

Es war hinreißend, der prachtvolle Schwung ihrer kurzen Oberlippe, und die weiche, sinnliche Linie ihrer Unterlippe; ihre verspielten Grübchen und ausgereifte Röte; die ebenen Reihen von schillernden, perlweißen Zähnen, waren zauberhaft. Das alles sprach die Sinne an, aber in keiner Weise oder Form die Seele.

Ihre Augenbrauen, etwas unregelmäßig in den Konturen, trafen sich über der Nase. Ihre Wimpern waren sehr groß, und ihre Augen – leicht, ganz leicht, schräg versetzt und größer als die eines menschlichen Wesens – waren schwarz, schwarz wie ihr Haar; und die Pupillen funkelnden und schienen mit einem höchst abscheulichen Ausdruck von satanischem Hass und satanischer Freude.

Die ganze Erscheinung, das Gesicht und das Licht, was von ihm strahlte, waren so ungemein furchtbar und teuflisch, dass Captain Smythe dasaß wie einer, der versteinert wurde. Kurz, nachdem es verschwunden war, tastete er sich zur Tür hin und im Adamskostüm – da er sich nicht traute zu bleiben, um sich anzuziehen – flüchtete der den Gang entlang zu seinem Schlafzimmer.

Von seiner Frau bekam er wenig Anteilnahme, ihr Sarkasmus war zu groß, um ihn in Worte zu fassen. Sie befahl ihrem Ehemann nur, kein Wort über seine Albernheit vor den Kindern oder den Dienern, zu verlieren.

Diese Anordnung, die natürlich getreu ausgeführt wurde, war dennoch sinnlos, denn als Ronald, der älteste Junge ins Badezimmer ging, während alle anderen unten waren, sah er den Körper eines alten Mannes mit grauen Haaren in der Badewanne schwimmen.

Er war aufgedunsen und violettblau, hatte große, glasige Augen, die ihn in einer solch grässlichen und inhaltleeren Weise anstarrten, dass er einen Schrei der Angst ausstieß und floh. Von dem Krach aufgeschreckt, rannten alle im Haus los, um zu sehen, was passiert war. Nur der Captain blieb zurück. Er wusste nur zu gut, was los war, versteckte sich, und ließ seine Frau und die Diener alleine die Treppe hochgehen.

Sie betraten das Badezimmer – da war nichts in der Wanne, noch nicht einmal Wasser, aber, als sie wieder gingen, rannten sie in eine dunkle, schöne, böse blickende Frau hinein, gewandet in einem sündhaft teuren Kleid und mit glitzerndem Schmuck behangen.

Sie glitt an ihnen vorbei, mit listigem, leisem Schritt, und verschwand im Schrank.

Geheilt von ihrer Skepsis und alle Würde über den Haufen werfend, raste die Frau des Captains die Treppe hinunter, rannte in den Salon und warf sich in Hysterie auf das Sofa.

Innerhalb einer Woche war das Haus wieder leer, und als das Gerücht umging um, dass es in dem Haus spuken würde, drohte der Besitzer den Smythes mit einer Schadensersatzklage wegen Verleumdung. Ich denke aber nicht, dass der Fall vor Gericht ging; die Smythes stimmten jedenfalls zu, der Aussage, die sie gemacht hatten, zu widersprechen.

Sie bekamen jedoch durch geschickte Nachforschungen heraus, dass eine Lady, die der Beschreibung des Geistes entsprach, der von ihnen gesehen wurde, einst in dem ___ Haus gelebt hatte. Sie war spanischer Abstammung, jung, schön und fröhlich und mit einem Mann verheiratet, einem enorm reichen Mann (die Leute erinnerten sich daran, wie reich er war, nachdem er verstarb), alt genug, ihr Großvater zu sein.

Sie hatten nichts gemeinsam. Der Ehemann wollte nur seine Ruhe, die Frau wollte flirten und bewundert werden. Die Nachbarn hörten sie oft streiten, und man war der Ansicht, dass die Frau das Temperament eines Satans hatte.

Den Mann hatte man eines Tages tot in der Badewanne gefunden und es gab keine Anzeichen von Gewalt. Man nahm allgemein an, dass er ohnmächtig geworden war (von seiner Frau hatte man vorher schon gehört, dass er oft Ohnmachtsanfälle gehabt hatte) und deshalb ungewollt ertrunken ist.

Diese wunderschöne Witwe, die all sein Geld erbte, hatte das Haus umgehend verlassen und ging ins Ausland.

Als die Nachbarn von den Smithes gefragt wurden, ob man seitdem wieder etwas von ihr gesehen hatte, schüttelten sie zweifelnd ihren Kopf, weigerten sich aber, sich festzulegen.

Fall XI

Der würgende Geist im ___ Haus nahe dem Sandyford Place in Glasgow

Das letzte Mal, als ich durch Glasgow fuhr, mietete ich mich für die Nacht in einem Hotel in der Nähe des Sandyford Place ein und traf dort eine alte Theaterbekanntschaft namens Brown, Hely Brown. Da ich ihn nicht mehr gesehen hatte, seit ich mit der Schauspielerei aufgehört habe, was nun, leider!, einige Jahre her ist, hatten wir viel zu diskutieren – Tourdaten, Unterkünfte, Manager, Zuschauer, und ein Dutzend andere Themen, alles in der vulgären Bezeichnung 'Geschäft' enthalten.

Wir verbrachten den ganzen Abend damit, das alles im Raucherzimmer zu diskutieren, während wir in der folgenden Nacht zu einer Darbietung gingen, mit der reizvollen Rezitatorin und Geschichtenerzählerin Miss Lilian North, die, meiner Ansicht nach, neben ihrem Talent, welches sie an die Spitze ihres Fachs stellt, über die außergewöhnlichsten persönlichen Reize verfügt. Nicht zuletzt müssen hier ihre Hände erwähnt werden. In der Tat, war es wegen meines Augenmerks, welches sich auf diese richtete, dass ich, indirekt, schuld an dieser Geschichte bin.

Miss North hat die typisch übersinnlichen Hände – von erlesenem Weiß und schmal, und ihre langen, sich zuspitzenden Finger und haselnussförmige Nägel (welche sie, nebenbei gesagt, immer ordentlich manikürte), sind die perfektesten, die ich je gesehen habe. Ich habe auf sie angespielt, auf unserem Weg zurück von der Vorstellung, als Hely Browne mich unterbrach.

'Da wir gerade von übernatürlichen Dingen sprechen, O'Donnell,' sagte er, 'wissen Sie, dass es ein vom Spuk heimgesuchtes Haus gibt, in der Nähe, wo wir logieren?'

'Sie wissen es nicht? Gut, gut, also wenn ich Ihnen erzähle, was ich weiß und sie darüber schreiben, werden Sie mir versprechen, dass Sie das Haus nicht mit seiner richtigen Nummer erwähnen? 'Wenn Sie das machen, wird man einen

Haufen Geld zahlen müssen – nennen Sie es einfach ___ Haus, nahe dem Sandyford Place. Versprechen Sie das?'

'Gut!, lassen sie uns einen kleinen Bummel machen, bevor wir heimgehen – ich möchte noch etwas frische Luft einatmen – und ich werde Ihnen von den Erlebnissen erzählen, die ich einst dort hatte:'

'Es war vor genau zwei Jahren, und ich war hier auf Tour mit dem Stück ›die grünen Büsche‹. All die üblichen Unterkünfte waren schon weggeschnappt worden, und da ich nicht wusste, wohin ich gehen sollte, ging ich zur Nr. ___ Sandyford Place, da ich in einer lokalen Zeitung eine Annonce gesehen hatte, wo dieses Haus als ein erstklassiges, privates Hotel angepriesen wurde, zu sehr moderaten Preisen.'

'Ja, ein wildes, extravagantes Plätzchen. Aber hin und wieder macht man verrückte Dinge, und, um die Wahrheit zu sagen, wollte ich unbedingt einen Wechsel. Ich hatte für lange Zeit mit einem Burschen namens Charlie Grosvernor zusammengewohnt. Keineswegs ein schlechter Kerl, aber sehr dazu geeignet, einem nach einer Weile auf die Nerven zu gehen – und er ging mir auf meine – in fürchterlicher Weise.'

'Folglich war ich überhaupt nicht traurig, eine Ausrede zu finden, um von ihm wegzukommen, obwohl ich bitter dafür bezahlen musste.'

'Ein privates Hotel, in einer Nachbarschaft wie dem Sandyford Place, ist eine teure Angelegenheit für einen normalen Schauspieler. Ich habe vergessen, wie die genauen Konditionen waren, aber ich weiß, dass ich ein ziemlich langes Gesicht gezogen hatte, als man mir diese mitteilte.'

'Da ich immer noch, wie ich sagte, die üblichen Behausungen satthatte, beschloss ich, es zu versuchen, und fand mich folglich in einem gut dimensionierten Schlafzimmer im zweiten Stock wieder. Die ersten drei Nächte gingen vorbei und nichts passierte, abgesehen davon, dass ich die teuflischsten Albträume hatte – sehr ungewöhnlich für mich.'

'Das war der Käse, sagte ich zu mir selbst, als ich am ersten Morgen aus dem Bett stieg. Ich werde sehr aufpassen, dass ich heute Nacht keinen Käse anrühre. Ich hielt mich an diesen Entschluss, aber ich hatte wieder diesen Albtraum, und wahrscheinlich sogar schlimmer als zuvor.'

'Dann dachte ich, es müsste der Kakao sein – ich hatte zu dieser Zeit keinen Alkohol getrunken – und nahm stattdessen heiße Milch. Aber ich hatte wieder diesen gleichen Albtraum, und meine Träume versetzten mich dermaßen in Schrecken, dass ich mich nicht traute aus dem Bett zu gehen (es war zu dieser Zeit Winter), bis es heller Tag wurde. Das wurde nun zu einer ernsten Angelegenheit für mich!'

'Wie sie wissen, braucht ein Schauspieler, mehr als die meisten Leute, seinen Schlaf. Bald war es mir nur mit Ach und Krach noch möglich, meinen üblichen Standard bei der Schauspielerei zu halten.'

'In der vierten Nacht, entschlossen um jeden Preis meine Ruhepause zu bekommen, nahm ich ein gutes Glas von heißem Brandy, direkt bevor ich zu Bett ging. Ich schlief – ich kam nicht umhin zu schlafen – aber nicht für lange, da ich durch einen lauten Krach unsanft aus meinem Schlummer gerissen wurde.'

'Ich setzte mich im Bett auf und dachte, das ganze Haus fällt auf meine Ohren. Der Krach kam aber nicht wieder, alles war ungemein still. Ich wunderte mich, was das für ein Geräusch gewesen war, und da ich mich durstig fühlte, stieg ich aus dem Bett, um mir ein Limettensaftgetränk zu holen. Jedoch, zu meinem Ärger, obwohl ich überall herumtastete und dabei einen Aschenbecher vom Kaminsims herunterhaute und den Deckel einer Seifenschale zertrümmerte, konnte ich weder den Limettensaft noch die Streichhölzer finden.'

'Schließlich gab ich das als ein schlechtes Vorhaben auf und beschloss wieder ins Bett zu gehen. Mit diesem Ziel im Sinn tastete ich mich vor durch die Dunkelheit und lenkte mich an den Möbeln vorbei, deren Position mir, natürlich, sehr bekannt war – jedenfalls dachte ich dies.'

'Stellen Sie sich dann mein Erstaunen vor, als ich das Bett nicht finden konnte! Zuerst dachte ich, das sei alles nur ein großer Witz und lachte – und wie! Ha!, ha!, ha! Stellen Sie sich vor, nicht in der Lage zu sein, den Weg zurück ins Bett zu finden, in einen Raum mit diesen Dimensionen! Gut genug für einen Kasper! Vielleicht zu gut im Moment. Ha!, ha!, ha! Aber bald war es mehr als nur ein Spaß!'

'Ich war komplett durch das Zimmer gelaufen – zweimal – und immer noch nicht im Bett! Ich war zutiefst beunruhigt! Könnte es sein, dass ich krank war? War ich dabei, verrückt zu werden? Meine Stirn war jedenfalls kühl und mein Puls normal.'

'Für einige Sekunden stand ich still da und wusste nicht, was ich sonst tun könnte. Dann, um noch mal einen verzweifelten Versuch zu wagen, schoss ich geradewegs nach vorne – und – rannte in etwas hinein – etwas, das mir entgegenschlug und mich traf. Schaudernd vor Schrecken streckte ich meine Hand aus, um zu sehen, was es war, und berührte eine Schlinge.'

'Eine Schlinge?!', rief ich aus, und hier unterbrach Hely Browne zum ersten Mal, seit er begann zu erzählen.

'Ja, eine Schlinge!, wiederholte er, 'mitten in der Luft aufgehängt!'

'Wie Sie sich vorstellen können, war ich äußerst erstaunt, da ich wusste, dass da nichts im Raum war, was ich plötzlich für eine Schlinge halten könnte. Ich streckte meine Arme aus, um zu fühlen, wo sie befestigt war, aber, was meine Überraschung noch verstärkte – die Schnur endete in der dünnen Luft.'

'Dann bekam ich richtig Angst, ließ meine Arme fallen und versuchte, von diesem Fleck wegzukommen. Ich konnte nicht – meine Füße waren wie am Boden festgeklebt. Die Schlinge begann zu wedeln, rund um meinen Hals und mein Gesicht. Sie machte dabei ein leichtes, säuselndes Geräusch – ich benutze dieses Wort, denn die Bewegung war so besonders tierisch wie die einer Katze oder Schlange.'

'Sie bewegte sich nun direkt über mich, und, nachdem sie wild herumkreiste und einen kleinen Strudel in der Luft verursachte, senkte sie sich langsam über meinen Kopf.'

'Tiefer und tiefer stahl sie sich herunter, wie eine geschmeidige, schleimige Schnecke – über die Spitzen meiner Ohren, über meine Nase, und nun über mein Kinn, bis sie mit einem kleinen Schlag auf meinen Schultern landete. Dann, mit einem heftigen Rucken, zog sie sich plötzlich zu. Ich versuchte sie herunterzureißen, aber jedes Mal, wenn ich meine Hände hob, wurden sie von einer starken, magnetischen Kraft wieder zur Seite gezogen. Ich öffnete meinen Mund, um nach Hilfe zu kreischen, aber ein eisiger Luftstrom fror den Atem in meinen Lungen ein.'

'Ich war hilflos, O'Donnell, total hilflos. Kalte, feuchte Hände rissen meine Füße vom Boden weg; mein Körper wurde angehoben und dann wieder fallen gelassen. Ein schrecklicher Schmerz durchfuhr mich. Hundert Drähte schnitten gleichzeitig in meine Kehle. Ich keuchte, würgte, erstickte, und in meinen verzweifelten Versuchen, irgendwo einen festen Stand zu finden, trat ich verzweifelt in allen Richtungen um mich. Das aber hatte nur zur Folge, dass meine Qualen verstärkt wurden, da sich mit jedem Zucken die Schlinge enger zog.'

'Meine Qualen wurden schließlich unerträglich; ich konnte fühlen, wie die Seiten meines unregelmäßig atmenden Brustkorbs zusammengeschoben wurden, während jeder Versuch, Luft aus meinen platzenden Lungen zu lassen, mit qualvoll schmerzenden Krämpfen vergolten wurde – Schmerzen, die viel intensiver waren, als man sich vorstellen könnte, dass ein Mensch diese ertragen kann.'

'Mein Kopf wurde zehnmal größer als normal; Blut – schäumendes, wallendes Blut – schoss in ihn, von Gott weiß woher, hinein. Unter dessen Druck traten meine Augen in ihren Höhlen hervor und die Adern in meiner Nase zerplatzten.'

'Ein gewaltiger Donner hallte und hallte wider in meinen Ohren, meine Zunge, groß wie ein Berg, schoss gegen meine

Zähne, ein Meer von Feuer wütete in meinem Gehirn, und dann – Finsternis – unvorstellbare Finsternis.'

'Als ich wieder zu mir kam, O'Donnell', stand ich auf einer kühlen Wachstuchtischdecke, aber ansonsten intakt und in einem Stück. Ich hatte nun keine Schwierigkeiten, meinen Weg zurück zum Bett zu finden, und innerhalb einer Stunde gelang es mir, in den Schlaf zu fallen. Ich schlief bis zum späten Morgen. Als ich aufgestanden war, versuchte ich mich zu überzeugen, dass meine schreckliche Erfahrung das Resultat eines erneuten Albtraums war.'

'Nach all dem, was passiert ist, freute ich mich nicht mehr auf die Schlafenszeit, wie sie sich vorstellen können, und zählte die Minuten, die tagsüber vorbeiflogen, mit dem größten Bedauern. Niemals zuvor tat es mir so leid, dass die Vorstellung im Theater vorüber war und die Lichter des Hotels wieder in Sichtweite kamen.'

Ich betrat ab jetzt mein Schlafzimmer zitternd vor Furcht, und war dermaßen besorgt, dass ich wieder gezwungen werden würde, die Empfindungen des Aufhängens durchzumachen, dass ich beschloss, das Licht die ganze Nacht über brennen zu lassen, und aus diesem Grund kaufte ich ein halbes Pfund Wachskerzen.

Schließlich wurde mein Schlafbedürfnis dermaßen groß, dass ich nicht länger wach bleiben konnte. Ich platzierte den Kerzenhalter auf einen Stuhl am Bett und kroch unter die Bettdecke. Ohne das geringste Anzeichen von einem Geist schlief ich wie ein Murmeltier.

'Als ich aufwachte, war der Raum in tiefste Finsternis gehüllt. Ein seltsamer Geruch erregte meine Aufmerksamkeit. Zuerst dachte ich, das wäre nur die flüchtige Wahrnehmung einer Illusion. Aber nein – ich roch noch einmal – es war hier – hier nahe bei mir – direkt unter meiner Nase – der starke, stechende Geruch von Medizin. Da ich aber weder ein Experte für Gerüche bin, noch ein einfacher Student der Heilkunde, war ich daher nicht in der Lage dies zu diagnostizieren.'

'Ich konnte nur zu dem generellen Schluss kommen, dass es ein Geruch war, der die lebendige Erinnerung an eine Apotheke mit sich brachte und an mein altes Schullabor. Ich wunderte mich, wo es herkam und drehte mein Gesicht nach vorne, in der Absicht, es zu lokalisieren, als, zu meinem Schrecken, meine Lippen etwas Kaltes und Schwabbeliges berührten. Mit quälender Angst taumelte ich davon weg, und da das Bett sehr schmal war, rutsche ich über die Kante und fiel auf den Boden.'

'Nun denke ich, es ist durchaus möglich, dass sie, bis zu diesem Moment, meine unglücklichen Erlebnisse mit nicht mehr oder weniger als einem schlechten Traum in Verbindung bringen. Ihre Theorie von einem Traum ließe sich aber nicht länger aufrechterhalten, da ich, nachdem ich in solch plötzlichen Kontakt mit dem Fußboden gekommen war, meinem Musikantenknochen einen Schlag gegeben habe, einen Schlag, das kann ich ihnen versichern, der mich voll und ganz wach machte.'

'Das Erste, was ich bemerkte, als ich meine zerstreuten Sinne wieder zusammenhatte, war wieder dieser Geruch. Ich setzte mich auf, und zu meinem Schreck sah ich, dass mein Bett besetzt war, aber besetzt in einer höchst alarmierenden Weise.'

'In der Mitte des Kissens war ein Gesicht, das Gesicht von – ich schaute näher hin; ich würde jeden Pfennig meines Vermögens dafür gegeben, damit ich das nicht getan hätte, aber ich konnte mir nicht helfen – ich schaute noch näher hin, und es war das Gesicht von meinem Bruder, meinem Bruder Ralph.'

'Sie mögen sich daran erinnern, dass ich diesen Ihnen gegenüber schon früher einmal erwähnt hatte, da er der Einzige von uns war, der zu dieser Zeit gutes Geld verdient hatte und von dem ich annahm, dass er in New York lebte.'

'Er war immer recht bleich gewesen, aber abgesehen von der Tatsache, dass er jetzt ein sehr gelbliches Aussehen hatte, war seine Erscheinung ziemlich normal. In der Tat, als ich auf ihn starrte, wuchs meine Überzeugung so stark, dass er es war, dass ich ausrief: ›Ralph!‹.'

'In dem Moment, wo ich dies tat, gab es eine gespenstige Veränderung. Seine Augenlider öffneten sich, und seine Augen – Augen, die ich sofort erkannte – standen dermaßen vor, dass sie fast herausfielen; sein Mund sprang auf, seine Zunge schwoll an, seine ganze, gequälte Miene wurde in einer beispiellosen und aus diesem Grund unbeschreiblichen Art verstellt, während sich das Gelbliche in seiner Hautfarbe, in ein fahles, grässliches Schwarz vertiefte, was so unvorstellbar abstoßend war, dass ich entsetzt vom Bett wegsprang. Dann kam da ein keuchendes, kratzendes Geräusch, und eine Stimme, die ich, trotz der unnatürlichen Hohlheit, als die von Ralph erkennen konnte, brach heraus:'

'Ich wollte dich schon seit langer Zeit sprechen, aber etwas, dass ich nicht erklären kann, hat mich immer daran gehindert. Ich bin nun schon einen Monat tot; nicht Krebs, aber Dolly, Gift! Auf Wiedersehen, Haly! Ich kann nun in Frieden ruhen.'

'Die Stimme verstummte, es gab einen kalten Luftzug, beladen mit dem Geruch von Medizin, und gemischt, schwach gemischt, mit dem widerlichen Geruch des Grabes, und – das Gesicht auf dem Kissen verschwand.'

'Wie ich es durch den Rest der Nacht geschafft habe, kann ich nicht sagen – ich wage nicht, daran zu denken. Ich traue mich nur, daran zu denken, dass ich nicht schlafen konnte. Ich war Ralph immer liebend zugetan, und der Gedanke, dass er in einer solch miserablen Weise verstorben ist, wie es der Geist andeutete, kann mich total niedergeschmettert.'

'Am Morgen erhielt ich einen schwarz umrahmten Brief von meiner Mutter, in dem sie mir schrieb, dass sie gerade von Dolly, der Frau meines Bruders, gehört hatte, und diese ihr mitteilte, dass Ralph an Kehlkopfkrebs gestorben war. Dolly hat noch in einem Nachsatz erwähnt, dass ihr geliebter Ralph sehr gut zu ihr gewesen war, und sie gut versorgt gelassen hat.'

'Natürlich hätten wir den Körper exhumieren lassen können, aber wir waren arm und die Witwe von Ralph war reich, und in Amerika, wie Sie wissen, geht alles zugunsten des Dollars.'

'Deswegen waren wir gezwungen, die Sache fallen zu lassen, und waren uns auch sicher, dass es sich Dolly nie in den Kopf setzen würde, uns zu besuchen. Sie hat es nie getan.'

'Meine Mutter ist letztes Jahr verstorben – ich habe schrecklich unter ihrem Tod gelitten, O'Donnell; und da ich kein festes Engagement mehr habe, aber immer noch in den britischen Provinzen auf Tour gehe, besteht nicht die Gefahr, dass die Mörderin meines Bruders und ich zusammentreffen.'

'Es ist ziemlich seltsam, dass dieses Hotel, nach meinen eigenen Erfahrungen, für viele Jahre die Reputation bekam, es würde darin spuken. Viele Besucher, welche die Nacht in einem der Zimmer verbrachten (wahrscheinlich meinem), beschwerten sich, dass sie seltsame Geräusche gehört, oder grauenhafte Träume gehabt haben.'

'Wie kann man das alles erklären?'

'Ich kann es nicht', antwortete ich, und wir gingen zurück zur Nachtruhe.

Schottischer See, Frank E. Jamieson 19. Jahrhundert

Fall XII

Der graue Dudelsackspieler und die schwere Kutsche vom Donaldgowerie Haus in Perth

Das Donaldgowerie Haus stand, bis vor wenigen Jahren, am Stadtrand von Perth. Es war ein langer, weitläufiger Ort, dessen Ursprung bis zum Anfang des 17. Jahrhunderts zurückging.

Es war, zum Zeitpunkt dieser Erzählung, im Besitz von Mr. William Whittingen, der es zu einem sehr geringen Preis von Leuten namens Tyler gekauft hatte. Es ist richtig, dass es ein kleines Vermögen kostete, es instand zu bringen, aber, trotz dieses Nachteils, betrachtete es Mr. Whittingen als eine günstige Gelegenheit und war mehr als zufrieden damit.

In der Tat kannte er kein Haus von ähnlicher Größe, mit solch einer imposanten Erscheinung und so angenehm gelegen, das er für weniger als das doppelte des Preises hätte kaufen können, was er für dieses aufgewendet hatte; und er hatte Mitleid mit den Tylers, die ihm im Vertrauen erklärt hatten, dass sie das Donaldgowerie Haus nicht für solch einen lächerlichen Betrag verkaufen würden, wenn sie nicht so dringend Geld bräuchten.

Für sie war es also eine Frage von Geld – bar auf die Hand, und Mr. Whittingen musste nur einen Scheck ausstellen, für die bescheidene Summe, die sie haben wollten, und das Haus gehörte ihm.

Es war im Monat Juni, als Mr. Whittingen das Haus in Besitz nahm – Juni, als die Sommersonne am hellsten schien und die Gärten ihren schönsten Anblick boten.

Die Whittingen Famile, die aus Mr. und Mrs. Whittingen, zwei Söhnen, Ernest und Harvey und drei Töchtern, Ruth, Maria und Mary, bestand, waren, wie man schon allein an diesen Vornamen entnehmen konnte, ehrliche, praktische, manierliche und in der Tat hochstehende Leute.

Sie hatten keinesfalls zu wenig von den außerordentlich hilfreichen Vorteilen einer Abstammung, die so charakteristisch für die der Schotten aus den Lowlands war, zu deren Volksstamm sie gehörten.

Mr. Whittingen hatte jahrelang ein Lebensmittelgeschäft in Jedburgh geführt und zweimal die Ehre gehabt, den ehrenhaften und begehrten Posten eines Bürgermeisters auszufüllen. Als er sich schließlich ins Privatleben zurückzog, nahmen seine Freunde natürlich an (und es war erstaunlich, wie viele Freunde er hatte), dass seine Taschen nicht nur gut gefüllt, sondern bis zum Bersten voll waren.

Einem Ratschlag seiner Frau und seiner Töchter folgend, die auf soziale Unterscheidung erpicht waren, schickten sie Ernest nach Oxford, unter der Bedingung, dem Glaubensorden der Kirche von England beizutreten.

Harvey, der gerade dem Kindesalter entwachsen war, zeigte das ausgesprochene Geschäftstalent der Whittingens, indem er sich heimlich an den Süßigkeiten in Vaters Geschäft bediente, und diese, zu strikten Verkaufspreisen, an die Freunde seiner Schwestern im Kindergarten loszuwerden. Er wurde auf eine dieser Einrichtungen, halb Grundschule, halb Eliteschule (natürlich nur für die Söhne von Herrschaften) in Edinburgh geschickt, wo er blieb, bis er alt genug war, um in die Dienste einer prosperierenden, sehr prosperierenden Rechtsanwaltsfirma zu treten.

Die Mädchen, Ruth, Martha und Mary, wurden ebenfalls bestens ausgebildet, das heißt, sie waren für viele Jahre an einem englischen Seminar für junge Damen und bekamen zum Abschluss noch einen zwölfmonatigen Aufenthalt in Frankreich und Deutschland, um die korrekte Aussprache der Fremdsprachen zu lernen.

Zur Zeit der Geschichte waren sie noch unverheiratet und warteten mit der höchst lobenswerten Geduld auf das Erscheinen von Männern mit dem rechten Titel.

Sie waren entzückt über ihr neues Zuhause, welches Donaldgowerie genannt wurde (ein Name, zu dem Ruth ihren Vater überredete, nach dem Haus in einer romantischen Novelle, die sie gerade gelesen hatte) und stolz auf die vergoldeten Räume und den großartigen Tennisrasen.

Sie hatten eine gigantische Schale in der Eingangshalle platziert, in der selbstbewussten Sicherheit, dass diese bald unter dem Gewicht der vielen Visitenkarten stöhnen würde, die von all den hochgestellten Leuten in Perthshire hineingelegt würden.

Ich bitte zu verstehen, dass meine einzige Absicht in der Beschreibung all dieser unbedeutenden Details darin liegt, deutlich zu machen, dass die Whittingens, vollkommen in weltliche Dinge vertieft, die allerletzten Menschen auf der Welt waren, die man als abergläubisch bezeichnen könnte.

Obwohl sie sehr phantasievoll waren, was die Besuche und Karten zukünftiger Ehemänner anbelangte, gab es keinerlei Aberglaube in ihrer Natur – vor den Ereignissen, über die berichtet wird. In der Tat, bis dahin hatten sie schon bei der kleinsten Erwähnung eines Gespensts hochmütig gelächelt.

Der September kam, der erste September auf Donaldgowerie, und die Familie empfing mit Freude Ernest und seine jugendliche Braut. Letztere war nicht, wie sie sehnlichst hofften (und rundherum in Perth angekündigt) die Tochter eines Peers* [* Mitglied des House of Lords (englisches Oberhaus)], sondern von einem wohlhabenden Tuchhändler in Bristol, der Besitzer eines Hauses in Downs, deren Sohn einer von Ernests vielen Freunden in Oxford war.

Das Erscheinen des neu verheirateten Paars auf Donaldgowerie brachte eine große Ausgelassenheit, wie in einem Vogelschwarm, mit sich. Alle Arten von Vergnügungen – Musicals im Haus, Dinner, Tanzveranstaltungen, Tennis- und Gartenpartys fanden statt, in der Tat jegliche Veranstaltungsvarianten, die mit den Ideen der Familie, bezüglich guten Geschmacks, in Einklang waren.

Und mit der rühmenswerten 'Tatkraft', für welche die Whittingens schnell bekannt waren, wurde der ganze Bezirk eingeladen.

Diese prächtige Zurschaustellung von Wohlstand und Gastfreundschaft war nicht uneigennützig; ich fürchte, dass die folgende Veranstaltung nicht nur eine Abschiedsfeier für den gut gekleideten Pastor und seine Frau war, sondern auch ein entschlossenes Bemühen von Mr. und Mrs. Whittingen, den richtigen Liebhaber für ihre Mädchen anzulocken.

Es war während dieses Events, der sich schon in einem fortgeschrittenen Stadium befand, als der unerschütterlichen Skepsis der Whittingens, in Bezug auf Übernatürliches, ein rüder Schlag versetzt wurde.

Martha, Mary und zwei geeignete, junge Männer, Freunde von Harvey, die gerade ein temperamentvolles Krocketspiel beendet hatten, erfrischten sich mit Limonade, während sie mit ihren Techtelmechteln fortfuhren.

Nachdem ihr Partner ihr eröffnete, wie gerne er einige Fotografien sehen würde, die sie kürzlich von sich hat machen lassen, war Mary, mit einem gut simulierten Kichern der Verlegenheit, ins Haus gegangen, um ihr Album zu holen.

Die Minuten vergingen, und da sie nicht zurückkam, zog Martha los, um sie zu suchen. Sie wusste, dass ihr Album im Ankleidezimmer war, welches sich am Ende des langen und recht düsteren Korridors im Obergeschoss befand.

Sehr verärgert über die Behäbigkeit ihrer Schwester, hastete sie den Korridor entlang, als sie plötzlich, zu ihrem größten Erstaunen, die Gestalt eines Mannes im Schottenrock sah, mit einem Dudelsack unter seinem Arm, der aus der halb geöffneten Türe des Ankleidezimmers kam. Mit einer eigenartigen, gleitenden Bewegung, kam er auf sie zu.

Ein sonderbares Gefühl, dass für sie völlig fremd war, veranlasste sie still und bewegungslos zu bleiben, und in diesem Zustand wartete sie auf die Annäherung des Fremden.

'Wer war er?', fragte sie sich, 'und wie um alles in der Welt ist er hier hergekommen, und was tat er hier?'

Als er näherkam, stellte sie fest, dass sein Gesicht in einem einzigen Farbton war – ein gespenstiges, fahles Grau – und dass seine Augen, welche die ganze Zeit auf die ihren fixiert waren, schaurig und bedrohlich erschienen – in der Tat so schrecklich, dass ihr kalt vor Furcht wurde, und sie fühlte, dass sich alle ihre Haare hochstellten.

Sie öffnete ihren Mund, um zu kreischen, stellte aber fest, dass sie keine Silbe herausbringen konnte. Es war ihr auch nicht möglich, selbst mit den entschlossensten Anstrengungen, ihre Füße auf dem Boden zu bewegen.

Die Gestalt kam näher, und, ohne nach rechts oder links auszuweichen, glitt sie zu ihr heran und durch sie durch. Als sie sich unfreiwillig umdrehte, sah sie diese durch das halb offene Treppenfenster verschwinden, das sich mindestens sechs Meter hoch über dem Boden befand.

Am ganzen Körper vor Furcht zitternd, und nicht im Geringsten verstehend, was sie davon halten sollte, rannte Martha zum Ankleidezimmer, wo ihr, beim Anblick ihrer Schwester, das Herz fast aus dem Körper sprang. Mary lag, in voller Länge ausgestreckt, auf dem Fußboden, ihre Wangen waren aschfahl, ihre Lippen blau.

Martha rannte hektisch zur Klingel, und innerhalb von wenigen Minuten strömte die Hälfte der Anwesenden, angeführt von Mr. Whittingen, in den Raum. Mit der Hilfe von ein wenig kaltem Wasser hatte sich Mary schnell erholt.

Als Antwort auf die aufgeregten Fragen ihrer sympathischen Retter, was denn passiert sein, verlangte sie stattdessen entrüstet Aufklärung darüber, warum einer so schrecklich aussehenden Kreatur, wie dem Dudelsackspieler, nicht nur der Zugang zum Haus gestattet wurde, sondern dass er auch zu ihr Zimmer hochgekommen sei und sie zu Tode erschrocken hat.

'Ich hatte gerade mein Album genommen', fügte sie hinzu, 'als ich fühlte, dass irgendjemand im Zimmer war. Ich drehte mich um – und dort (sie zeigte auf eine Stelle auf dem Teppich) stand der Dudelsackspieler, keine zehn Schritte von mir weg.'

'Er schaute mich mit dem entsetzlichsten Blick an, den man sich vorstellen kann. Ich war zu verdutzt und überrascht, um etwas sagen zu können, noch konnte ich – aus einem unverständlichen Grund – fliehen, bevor er mich mit einer seiner eiskalten Hände an der Schulter berührte, und dann anfing zu spielen.'

'Dann rannte er auf und ab, rückwärts und vorwärts, hörte dabei nicht auf, hasserfüllt auf mein Gesicht zu starren, und spielte immer wieder das gleiche, düstere Klagelied.'

'Schließlich, als ich der Belastung nicht länger standhalten konnte und davon überzeugt war, dass er ein Verrückter ist, entschlossen mich zu ermorden – wer außer einem Wahnsinnigen würde sich so benehmen? – bekam ich einen heftigen, hysterischen Anfall und ich wurde ohnmächtig.'

'Nun sagt mir, wer das war, und warum es ihm erlaubt wurde, mich in dieser Weise zu beängstigen?' Dann stampfte Mary mit dem Fuß auf und wurde bösartig, wie es nur jemand ihres Standes tat, wenn er verärgert war.

Ihrer Rede folgte eine Stille, die sie entnervte. Sie wiederholte ihre Fragen mit purpurroten Wangen, und dann, als wieder niemand antwortete, winkte sie nach ihrem Diener und tobte gegen ihn.

Bis zu diesem Punkt war Mr. Whittingen sprachlos vor Verwunderung. Die Vorstellung, dass ein fremder Dudelsackspieler die ungeheure Dreistigkeit haben würde in sein Haus zu gehen und in die private und keusche Zuflucht seiner hoch angesehenen Töchter einzudringen, nahm ihm fast den Atem.

Er konnte seinen Ohren kaum trauen. 'Was – was im Namen des... – was bedeutet dies alles?', stammelte er schließlich

120

und wendete sich dabei an den unglücklichen Diener: 'Ein Dudelsackspieler, und ohne irgendeine Einladung von mir, wie konnten sie es wagen, ihn hereinzulassen?'

'Das habe ich nicht, Sir', antwortete der bemitleidenswerte Diener; 'keine derartige Person kam an die Tür, als ich in der Eingangshalle war.'

'Bei mir war das auch nicht der Fall, als ich dort war', mischte sich der zweite Diener ein, und alle anderen vom Dienstpersonal riefen gemeinsam, 'wir haben auch keinen Dudelsackspieler gesehen, Sir, noch haben wir einen gehört', und sie schauten vorwurfsvoll auf Mary.

Hierbei sah Mr. Whittingen äußerst verlegen aus. Angesichts eines solchen, einstimmigen Dementis, was konnte er sagen? Er wusste, wenn er andeuten würde, dass die Diener lügen, würden sie alle kündigen und auf der Stelle gehen. Wissend, dass gute Diener rar waren in Perth wie auch anderswo, fühlte er sich ziemlich aufgeschmissen.

Schließlich drehte er sich zu Mary und fragte, ob sie sicher sei, dass es wirklich ein Dudelsackspieler war. Mary schrie, 'was?, natürlich bin ich es, habe ich dir nicht gesagt, dass er hier auf und ab marschiert ist und auf seinem widerlichen Dudelsack gespielt hat, was fast mein Trommelfell zum Platzen brachte?'

'Und ich sah ihn auch, Papa', warf Martha ein. 'Ich traf ihn auf dem Korridor, er hatte seinen Dudelsack unter dem Arm und einen höchst schrecklichen Ausdruck auf seinem Gesicht. Ich wundere mich nicht, dass Mary verängstigt war.'

'Aber, wo ist er hingegangen?', rief Mr. Whittingen.

'Du würdest es nicht glauben, wenn ich es dir erzähle', sagte Martha, und ihre Wangen erröteten dabei. 'Es schien so, als würde er direkt durch mich durchgehen, um dann durch das Treppenfenster zu verschwinden. Ich war in meinem Leben niemals so aufgeregt gewesen.'

Sie sank auf das Sofa und begann hysterisch zu lachen.

'Meine Liebe!, meine Liebe!, das ist sehr seltsam!', rief Mr. Whittingen aus, als Mary ihrer Schwester ein Glas mit Riechsalz reichte. Dann dachte er: 'Sie können nicht beide geträumt haben; es muss – es gibt – was ein unsinniger Gedanke – es gibt keine solchen Dinge wie Geister! Heutzutage glauben nur Kinder und Kindermädchen daran.'

'Sobald ihr euch erholt habt, meine Lieben, werden wir in den Garten zurückgehen, und ich denke unter diesen Umständen, diesen ziemlich merkwürdigen Umständen, ähm!, ist es besser eurer Mutter nichts davon zu sagen, versteht ihr?'

Mr. Whittingen fuhr fort und schaute die Dienerschaft an, 'nichts davon zu eurer Herrin!'

Die Angelegenheit war damit erledigt, und für einige Tage passierte nichts weiter, was den Familienfrieden hätte stören können.

Jedoch, am Ende der Woche, genau eine Woche nach dem Erscheinen des Dudelsackspielers, hatte Mary einen ernsthaften Unfall.

Sie rannte über den Rasen hinweg, um mit ihrer Schwägerin zu sprechen, als sie über einen Korb stolperte, der versehentlich dort liegen gelassen worden war. Beim Fallen rammte sie sich eine Haarnadel in den Kopf. Es kam zu einer Blutvergiftung und innerhalb von zwei Wochen war sie tot.

Martha war jedoch die Einzige im Haus, die Marys Unfall und ihren Tod mit dem Dudelsackspieler in Verbindung brachte. Für sie deutete dieser teuflische Ausdruck in den Augen des mysteriösen Highlanders Unheil an, und sie konnte nicht anders, als anzunehmen, dass er, auf die eine oder andere Weise, die Katastrophe gebracht hatte.

Der Herbst verging, und Weihnachten stand schon vor der Tür, als ein anderes mysteriöses Ereignis stattfand.

Es war früh an einem Sonntagabend, die Teestunde war gerade vorbei, und die Familie der Whittingens saß rund um das Feuer.

Sie waren in eine etwas melancholische Unterhaltung vertieft, da der Verlust von Mary sie alle tief getroffen hatte, als sie das entfernte Rumpeln einer schweren Kutsche auf der Landstraße hörten.

Sie kam näher und näher, bis es so schien, als sei sie auf einer Höhe mit dem Tor am Vorderhaus. Dann, zu ihrer Überraschung, gab es ein lautes Knirschgeräusch von Kieselsteinen, und sie hörten, wie sie, den Wagenpfad entlang, mit einer halsbrecherischen Geschwindigkeit, hochfuhr.

Sie schauten sich höchst betroffen an. 'Eine Kutsche, und in solch einer verrückten Weise gelenkt! Wem gehörte sie? Was bedeutete das? Mit Sicherheit waren das keine Besucher!'

Sie fuhr zur Vordertür, und das Zerren und Stampfen der Pferde vibrierte laut durch die stille Nachtluft. Man konnte Geräusche hören, so, als würde jemand, oder mehrere Personen, aussteigen, und dann kam eine Reihe von höchst fürchterlichen Schlägen an der Tür.

Die Familie der Whittingens starrte sich gegenseitig entsetzt an; es gab etwas in diesem Klopfen – etwas das sie nicht erklären konnten – das ihre Seelen in Furcht versetzte und ihr Blut gefrieren ließ. Sie warteten in atemloser Beklemmung, dass die Tür aufgehen würde, aber keiner der Diener ging, um sie zu öffnen.

Das Klopfen wurde wiederholt, diesmal eher lauter als zuvor. Die Tür schwang zurück in ihren Angeln, und man konnte schwere Schritte hören, die sich dem Salonzimmer näherten.

Mrs. Whittingen gab einen tiefen, von Furcht geprägten Seufzer von sich, Ruth schrie, Harvey verbarg sein Gesicht in den Händen, Mr. Whittingen stand auf und machte verzweifelte Versuche an die Klingel zu kommen, konnte sich aber nicht rühren, während Martha in das Ankleidezimmer rannte und die Türe hinter sich verschloss. Dann begannen sie, einmütig zu beten.

Die Tritte kamen vor den Raum zum Stillstand, die Tür öffnete sich langsam, und die geisterhaften Umrisse einer Gruppe von gespenstisch aussehenden Gestalten, die einen grotesk geformten Gegenstand in ihrer Mitte trugen, erschienen an der Türschwelle.

Für einige Sekunden gab es eine grauenvolle Stille. Diese wurde abrupt unterbrochen – Ruth war in tiefer Ohnmacht von ihrem Stuhl gerutscht, woraufhin die schattenhaften Gestalten gemeinsam kehrtmachten und zurück zur Eingangstür gingen.

Diese öffnete sich ungestüm, und ein eisiger Luftzug wehte wie ein Hurrikan über die Eingangshalle und in das Salonzimmer. Dann wurde die Tür krachend zugeschlagen, und die Kutsche fuhr weg.

Die Aufmerksamkeit aller war nun auf Ruth gerichtet. Zuerst zeigten Riechsalz und kaltes Wasser keine Wirkung, aber nach einer gewissen Zeit kam sie langsam, sehr langsam wieder zu sich. Sobald sie sich soweit erholt hatte, um wieder einigermaßen sprechen zu können, trug sie ihren innigen Wunsch vor, dass in ihrer Gegenwart nichts von dem erwähnt würde, was gerade passiert ist.

'Es war für mich bestimmt!', sagte sie in solch einem entschiedenen Ton, der ihre Zuhörer mit der grässlichsten Vorahnung erfüllte. 'Ich weiß, es war für mich!, sie haben in meine Richtung geschaut. Gott hilf mir! Ich werde wie Mary sterben müssen!'

Obwohl sie in höchstem Maße darüber verwirrt waren, was sie meinen könnte, da niemand, außer sie selbst, dieses Phänomen mit einer solchen Bestimmtheit erkannte, gaben sie ihrer Bitte nach und stellten ihr keine Fragen. Die Diener selbst hatten weder etwas gesehen, noch gehört.

Zwei Wochen später wurde Ruth mit einer Blinddarmentzündung ins Krankenhaus gebracht; eine Bauchfellentzündung kam schnell hinzu, und sie starb während der Operation.

Die Whittingens wünschten sich nun, niemals nach Donaldgowerie gekommen zu sein, aber mit der Scharfsinnigkeit, die für die Familie über zahllose Generationen hinweg, durch gute und schlechte Tage, charakteristisch war, trafen sie große Vorsorge, dass noch nicht einmal der kleinste Hinweis durchsickerte, gegenüber der Dienerschaft oder irgendjemandem in der Stadt, dass das Haus von Spuk heimgesucht wurde.

Die Jahre vergingen ohne weitere Katastrophen, und sie begannen zu hoffen, dass ihre geisterhaften Besucher sie verlassen hatten, als doch wieder etwas passierte.

Es war Ostern, und Ernest, seine Frau und ihr Baby, wohnten bei ihnen. Das Baby, ein Junge, war dick und prächtig, das wahre Bild von Gesundheit und Glück. Mrs. Whittingen und Martha wetteiferten untereinander in ihrer Zuneigung zu ihm, und eine von beiden scharwenzelte immer um ihn herum.

Es passierte an einem Nachmittag, als die Dienerschaft ihre Teezeit hatte und Martha sich alleine mit ihrem kostbaren Neffen im oberen Teil des Hauses befand. Mr. Whittingen war nach Edinburgh gereist, um seinen Anwalt wegen einer geschäftlichen Angelegenheit zu konsultieren (dem Leiter der Kanzlei, bei der Harvey beschäftigt war), während Mrs. Whittingen mit ihrem Sohn und ihrer Schwiegertochter eine Ausfahrt unternahm.

Das Wetter war herrlich, und Martha, obwohl sonst wenig begeistert von den Schönheiten der Natur, wie die meisten kommerziell interessierten jungen Frauen, konnte nicht anders, als die Färbung des Himmels zu bewundern, als sie aus dem Fenster blickte. Die Sonne war verschwunden, aber die Kraft ihrer Strahlen war noch sichtbar am westlichen Horizont, wo der Himmel mit sich abwechselnden Streifen von Gold und Rot bedeckt war – die Farbe jedes Streifens in der Mitte besonders glänzend, aber zu den Rändern hin ausbleichend.

Hier und da gab es goldene, rosa angehauchte Wolken und purpurne Inselchen, umgeben von einem Meer in sanftestem Blau. Jenseits der Grenzen dieses, von der Sonne geküssten

Bereichs, wurde das Blau dunkler und dunkler, bis sich seine Linien in den schwarzen Schatten der Nacht verloren und über die einsamen Berghügel im fernen Osten krochen, langsam vorangetrieben.

Von einer sanften Brise getragen, kam das dumpfe Ächzen und Gesäusel der Kiefernbäume, das Summen des Windes durch die Telefonkabel und das disharmonische Gekrächze der Krähen.

Für Martha schien es so, als sie so dasaß und raus auf den Garten starrte, dass eine subtile und feindliche Veränderung über die ganze Atmosphäre des Ortes gekommen war – eine Veränderung in den Geräuschen der Bäume, der Vögel, des Windes; eine Veränderung in dem Geruch der nach Blumen duftenden Luft und eine Veränderung, eine höchst ausgeprägte und eindringliche Veränderung – der Schatten. Was war das? Was war diese Veränderung? Wo kam sie her? Auf was deutet sie hin?

Ein schwaches Geräusch, ein höchst alltägliches Geräusch, lenkte ihre Aufmerksamkeit auf den Raum. Sie drehte sich herum und war ziemlich erschrocken zu sehen, wie dunkel er geworden war.

In den vergangenen Zeiten, als sie noch über Geister gespottet hatte, wäre sie genauso schnell in die Dunkelheit gegangen, wie ins Helle; die Nacht bereitete ihre damals keine Angst. Aber nun – seit den schrecklichen Ereignissen im letzten Jahr – war alles anders, und sie starrte beklommen um sich und bekam eine Gänsehaut.

Was war da in der gegenüberliegenden Ecke, die Ecke, die von einer Seite vom Schrank eingerahmt war? Wie sie doch Schränke hasste – besonders wenn sie glänzende Oberflächen hatten, die alle Arten von kuriosen Dingen reflektierten – und auch die Kommode auf der anderen Seite.

Es war ein Schatten, nur ein Schatten, aber von was? Sie suchte den ganzen Raum ab, um sein stoffliches Gegenstück zu finden, und entdeckte dies, als das Umhängetuch des Kindermädchens, welches über der Lehne eines Stuhls hing.

Sie lachte, und hätte auch weiterhin gelacht, da sie sich einredete, dass Gelächter die Geister vertreibt, als ihre Augen plötzlich etwas anderes erhaschten.

Was war es? Ein Objekt, das teuflisch wie zwei Augen schillerte. Sie stand auf, wie von einem höchst scheußlichen Zauber gelenkt, und ging ihm entgegen.

Dann lachte sie wieder – es war eine Schere. Die Schere des Kindermädchens – sauber, hell und scharf. Warum nahm sie diese hoch und strich so sanft über die Klingen? Warum schaute sie von dieser weg auf das Baby? Warum? Im Namen Gottes, warum?

Fürchterliche Gedanken nahmen Besitz von ihrem Verstand. Sie versuchte sie zu verjagen, aber sie kamen schnell wieder. Die Schere, warum war sie in ihren Fingern? Warum konnte sie diese nicht weglegen? Zu was sollte sie dienen?

Man braucht sie zum Durchschneiden! Schnur und Band und – Kehlen! Kehlen! Sie kicherte hysterisch bei der bloßen Vorstellung. Aber was war das um ihre Hüfte herum – dieses schattenhafte Ding, das wie ein Arm aussah?

Sie sah sich ängstlich um, und ihre Seele starb in ihr, als sie den heimtückischen und hämischen Augen des Dudelsackspielers begegnete, die sich jetzt nahe an ihr Gesicht pressten. War sie es, die er dieses Mal wollte – sie, oder – oder wen – im Namen von allem, was erbarmenswert war?

Verzweifelt, als würden alle Leben des Universums und die Zukunft ihrer Seele auf dem Spiel stehen, wand sie sich in seiner Umklammerung – aber vergeblich. Jede Faser, jeder Muskel ihres Körpers war völlig in seiner Hand. Vorwärts und vorwärts schubste er sie, bis sie sich, Fuß um Fuß, Zentimeter um Zentimeter, der Krippe näherten, und die ganze Zeit über hat seine höllische Stimme die abscheulichsten Einfälle in ihr Hirn eingehaucht.

Schließlich stand sie Seite an Seite mit dem Baby und beugte sich über es.

Was für ein Schatz! Wie es seiner Mutter ähnlich sieht – wie ihrem schönen Bruder – wie es ihr selbst ähnelte – sehr, so sehr wie sie selbst! Wie jeder es liebte – wie jeder es anhimmelte – wie (und hier kicherte das graue Gesicht neben ihr) jeder es vermissen würde. Dann schaute sie verstohlen auf die Schere und lächelte.

Es war bald vollbracht, bald vorbei, und sie und der graugesichtige Dudelsackspieler tanzten ein Menuett im Mondschein. Danach blies er zum Abschied ein Klagelied – ein wildes, absonderliches, Beerdigungslied und, langsam rückwärts marschierend, während seine dunklen, leuchtenden Augen hämisch auf die ihren blickten, verschwand er durch das Fenster.

Dann setzte die Reaktion ein, und Martha tobte und kreischte, bis jeder zu ihrer Rettung heranflog.

Natürlich glaubte ihr niemand – ausgenommen ihr Vater und ihre Mutter. Ernest, seine Frau und die Diener, schrieben ihren blutigen Akt einer Eifersucht zu, das Gesetz – dem Wahnsinn. Folglich wanderte sie von Donaldgowerie in eine Irrenanstalt für Kriminelle, wo die Erinnerung an all das, was sie getan hatte, sie bald umbrachte.

Das war genug, Mr. Whittingen verkaufte Donaldgowerie, und ein neues Haus wurde kurz danach an seiner Stelle errichtet.

Schottische Hochlandrinder (Ausschnitt), Samuel Bough (1822 – 1878)

Fall XIII

Der schwebende Kopf vom Benrachett Inn, nahe der Perth Road in Dundee

Vor einigen Jahren, als ich damit beschäftigt war, Fälle für ein Buch über von Geistern heimgesuchte Häuser in England und Wales zu sammeln, das ich erwogen hatte zu publizieren, wurde ich einem irischen Kleriker vorgestellt, dessen Namen ich vergessen, und den ich danach auch nicht mehr getroffen habe.

Hätte der Vorfall, auf den er sich bezog, in England oder Wales stattgefunden, hätte ich alles sorgfältig niedergeschrieben; da es sich aber in Schottland ereignete (und ich damals keine Absicht hatte, ein Buch über schottische Phantasmen zu schreiben), habe ich das nicht getan.

Meine Erinnerung jedoch, das kann ich meinen Lesern versichern, trotz der vielen Geistergeschichten, die ich aufnehmen musste – da kaum ein Tag vergeht, an dem ich keine zu hören bekomme – versagt selten, und die Geschichte des irischen Klerikers, die ich nun wiedergeben werde, kommt zu mir zurück, in erstaunlicher Lebendigkeit.

An einem Sommerabend in den früher 80ern* [* 1880er], kamen Mr. Murphy (dessen Namen ich hier als den Urheber der Geschichte nenne) und seine Frau in Dundee an. Die Stadt war ihnen vollkommen unbekannt, und sie machten zum ersten Mal eine Tour durch Schottland.

Da sie nicht wussten, wo sie die Nacht verbringen sollten, und auch niemanden kannten, den sie um Rat fragen konnten, schauten sie in einer lokalen Zeitung nach. Aus der langen Liste von Hotels und Pensionen, die darin annoncierten, wählten sie das Benrachett Inn, in der Nähe der Perth Road gelegen, aus.

Sie dachten von diesem, dass es am meisten ihren bescheidenen Ansprüchen genügen würde, und sie waren durchaus nicht enttäuscht von dem äußeren Erscheinungsbild des

Hotels, welches sie ausgewählt hatten, denn sobald sie es zum ersten Mal sahen, riefen sie beide aus 'was für ein entzückendes altes Gebäude!'

Alt war es in der Tat, denn die vielgieblige Eichenstruktur und die vorstehenden Fenster wiesen zweifellos auf das 16. Jahrhundert hin. Um diesen Eindruck noch zu verstärken und im Detail einen Eindruck von den 'guten alten Zeiten' zu geben, hatte man eine antike Laterne über dem Eingang aufgehängt.

Aber auch das Interieur hinterließ bei ihnen keinen weniger günstigen Eindruck. Die Räume waren lang und tief, die Decken, Wände, Fußböden, Flure und die Treppe, alle aus Eichenholz. Das diamantförmige Gitterfenster, die Verengungen, die gewundenen Gänge, die unzähligen Winkel und Schränke, schafften eine Atmosphäre, die gleichzeitig von magischer Eigenart und Gemütlichkeit war und einen unwiderstehlichen Eindruck auf die Murphys machte.

Wenn man das alles unter den suchenden Sonnenstrahlen betrachtete, aufgeheitert durch die Stimmen der Besucher, würde die Innenausstattung des Hauses, in Hinblick auf künstlerischen Geschmack und Freundlichkeit, in der Tat schwer zu überbieten sein.

Obwohl von Natur aus nicht nervös, und auch keinesfalls abergläubisch, konnten sie sich, während der Nacht, als das Haus dunkel und still war und der Mond die Schatten herbeirief, nicht eines Gefühls der Beklommenheit erwehren, welches viele Menschen – selbst die ausgesprochenen Skeptiker von Spukerscheinungen haben, wenn sie die Nacht in fremden Hotels verbringen, die sie vorher nie gesehen hatten.

Der Raum, den sie bekamen – ich kann nicht sagen 'gewählt hatten', da das Hotel ausgebucht war und ihnen nur 'Hobson's choice'* blieb, war am Ende eines langen Ganges, im hinteren Teil des Hauses, mit Blick auf den Hof.

[* Hobsons Wahl, Ausdruck für eine Entscheidungsfindung, in der es nur eine einzige Auswahlmöglichkeit gibt].

Es war ein großes Apartment, und in einer der vielen Nischen stand ein Bett, ein gigantisches, schwarzes Himmelbett, mit einem fleckenlosen Volant und, was noch wichtiger war, ausgelüftetem Bettzeug.

Die anderen Möbelstücke im Raum, die von der gleichen Art waren wie in der Mehrzahl der altmodischen Hotels, brauchen nicht erwähnt zu werden. Ein Einbau aber, in der Form eines Schranks, eines tiefen, dunklen Schranks, der in die Wand eingelassen war, die zum Bett hin zeigte, zog sofort die Aufmerksamkeit von Mrs. Murphy auf sich. Es gibt immer etwas Interessantes an Schränken zu entdecken, speziell bei alten und geräumigen Schränken, wenn es Nacht wird und man dabei ist, ins Bett zu gehen. Es ist dann die Zeit, wenn diese Möbelstücke allen denkbaren Fantasien Raum bieten.

Es war dieser Schrank, dem Mrs. Murphy die größte Aufmerksamkeit schenkte, bevor sie damit begann, sich auszuziehen und ins Bett zu gehen. Sie stocherte für eine Weile darin herum, und dann, offensichtlich zufrieden, dass sich niemand darin versteckt hatte, fuhr sie mit der Erforschung des Zimmers fort.

Mr. Murphy half ihr nicht dabei – er schob Müdigkeit vor und saß auf der Ecke des Bettes, mampfte an einem Lebkuchen und las den Dundee Advertiser, bis die Sache vorüber war. Dann half er Mrs. Murphy, ihren Koffer zu entpacken. Während dieses Vorgangs verging so viel Zeit mit Unterhaltung, dass sie beide überrascht waren, als eine Uhr von einer nahe gelegenen Kirche feierlich die Mitternachtsstunde schlug. Sie erschraken fast und begannen schnell damit, sich auszuziehen.

'Ich wünschte, wir hätten ein Nachtlicht, John', sagte Mrs. Murphy, als sie von ihrem Gebet aufstand. 'Ich denke, es würde nicht schaden eine der Kerzen brennen zu lassen. Ich bin nicht direkt in Angst, aber ich habe keine Lust, im Dunkeln gelassen zu sein. Ich hatte eine seltsame Empfindung, als ich im Schrank war – ich kann es nicht genau erklären – aber ich fühle mich jetzt so, dass ich gut fände, wenn das Licht brennen bleibt.'

'Es ist in der Tat ein recht dunkler Raum', bemerkte Mr. Murphy und richtete seine Augen auf die schwarze Eichendecke, und ließ dann seine Augen, hin und her, auf die Winkel und Vertiefungen schweifen. 'Ich stimme zu, dass es schön wäre, wenn wir ein Nachtlicht hätten, oder noch besser, ein Gaslicht. Aber da wir das nicht haben, meine Liebe, und da wir morgen eine lange Zeit herumlaufen werden, denke ich, dass wir versuchen sollten, so viel wie möglich an Schlaf zu bekommen.'

Er blies die Kerze aus, als er sprach, und kletterte geschwind ins Bett. Ein trat eine lange Ruhe ein, nur unterbrochen von Atemgeräuschen und einem gelegentlichen Ticken, wie von einer langbeinigen Kreatur auf der Wand und den Jalousien.

Mrs. Murphy konnte sich nicht erinnern, ob sie tatsächlich eingeschlafen war, aber sie war sich sicher, dass ihr Mann es war, da sie ihn deutlich schnarchen hörte – und das Geräusch, so grässlich es gewöhnlich auch war, kam ihr nun sehr recht.

Sie belog sich selbst, als sie es hörte, und wünschte von ganzem Herzen, dass sie Schlaf finden würde, als sie plötzlich einen Geruch wahrnahm – einen höchst widerwärtigen, stechenden Geruch, der über den Raum blies und in ihren Nasenlöchern hochkroch.

Der kalte Schweiß der Angst kam ihr auf die Stirn. Scheußlich, wie der Geruch war, ließ er etwas noch Fürchterliches erahnen, etwas das sie nicht versuchte zu ergründen. Sie dachte mehrfach daran, ihren Mann zu wecken. Da sie sich aber daran erinnerte, wie müde er war, nahm sie davon Abstand, und mit all ihren, nun ungewöhnlich aufmerksamen Sinnen, blieb sie wach und lauschte.

Eine totengleiche Ruhe hing über dem Haus, gelegentlich unterbrochen von den verstohlenen Geräuschen, wie sie typisch für diese Nacht waren – rätselhaftes Knarzen und Fußschritte, Rascheln wie von Vorhängen, Säuseln und Flüstern – alle sehr schwach, alle sehr subtil und alle möglicherweise, nur möglicherweise, natürlichen Quellen zuzuschreiben.

Mrs. Murphy erwischte sich dabei – warum, konnte sie nicht sagen – wie sie auf ein eindeutiges, akustisches Zeichen wartete, von etwas, von dem sie fühlte, dass es da war.

Im Moment, jedoch, konnte sie es nicht lokalisieren, sie konnte nur spekulieren, wo es war – es war irgendwo in der Richtung des Schranks. Und jedes Mal, wenn ein übler Geruch zu ihr herüberkam, wuchs ihre Überzeugung, dass es aus dem Schrank kam. Schließlich war sie nicht mehr in der Lage ihre Ungewissheit länger auszuhalten. Angetrieben von einem unwiderstehlichen Reiz, kam sie aus dem Bett heraus und schlich heimlich vorwärts. Sie fand ihren Weg zum Schrank mit erstaunlich wenig Mühe (wenn man bedenkt, dass es stockdunkel war, in einem ihr nicht vertrauten Raum).

Mit jedem Schritt, den sie machte, verstärkte sich der Gestank, und als sie den Schrank erreichte, erstickte sie fast. Für einige Sekunden spielte sie unentschlossen am Knopf der Schranktür herum und hatte wieder Sehnsucht nach ihrem Bett. Sie war aber nicht in der Lage, sich vom Schrank loszureißen.

Zu guter Letzt gab sie den Aufforderungen einer unbarmherzig bestimmenden, unbekannten Kraft nach. Sie hielt ihren Atem an und öffnete mit einem Schwung die Tür.

In dem Moment, wo sie dies tat, füllte sich der Raum mit dem blassen, phosphoreszierenden Leuchten von Verwesung, und sie sah, genau ihr gegenüber, einen Kopf – einen menschlichen Kopf – der mitten in der Luft schwebte.

Wie gelähmt von dem Schock, verlor sie den Rest ihrer Stärke, und, völlig der Möglichkeit beraubt, sich zu bewegen, stand sie stocksteif da und starrte hin.

Dass es der Kopf eines Mannes war, konnte sie nur an dem verhedderten, roten Haupthaar erkennen, das in einem ungeordneten Gewirr über den oberen Teil seiner Stirn und die Ohren fiel.

Alles andere verschwand in einer widerlichen, abstoßenden Masse von ekelhafter Zusammensetzung, zu sehr und zutiefst widerwärtig und faulig, um es zu beschreiben. Als das abnorme Ding begann, sich vorwärts zu bewegen, löste sich der Fluch, der Mrs. Murphy am Fußboden festgehalten hatte, und mit einem Entsetzensschrei flüchtete sie zum Bett und weckte ihren Ehemann auf.

In diesem Moment war der Kopf nahe bei ihnen, und hätte Mrs. Murphy ihren Mann nicht gewaltsam aus dem Weg gezogen, hätte er ihn berührt.

Sein Schreck war noch größer als der ihre, für den Moment aber konnte keiner von ihnen sprechen. Sie standen da, aneinandergeklammert und in einer schaurigen Stille. Schließlich keuchte Mrs. Murphy heraus, 'bete John, bete! Im Namen Gottes, befiehl dem Ding zu verschwinden!'

Mr. Murphy machte einen verzweifelten Versuch, dies zu tun, aber er brachte keine Silbe heraus. Der Kopf drehte sich nun herum und bewegte sich schnell auf sie zu; sein schrecklicher Geruch bewirkte, dass sie anfingen zu würgen und sich erbrechen mussten. Mr. Murphy ergriff seinen Stock und schlug auf ihn mit aller Macht ein. Das Resultat war so, wie sie es hätten erwarten können. Der Stock traf auf keinen Widerstand, und der Kopf fuhr fort, sich vorwärts zu bewegen.

Beide, Mr. und Mrs. Murphy machten einen hektischen Versuch, die Tür zu finden, während der Kopf sie immer noch verfolgte. Sie stolperten über etwas in ihrer wilden Hast und fielen auf den Boden. Es gab keine Hoffnung, der Kopf hatte zu ihnen aufgeschlossen. Er schwebte zugleich über sie, senkte sich, Stück für Stück, tiefer und tiefer und ging schließlich direkt durch sie hindurch, dann durch den Boden, und verschwand aus ihren Augen.

Es dauerte eine Weile, bevor beide sich soweit erholt hatten, um sich vom Boden zu rühren. Als sie es taten, war es nur, um zum Bett zu torkeln, sich hinzulegen, mit dem Bettzeug weit über ihrem Kopf, zitternd und bebend, bis zum Morgen.

Als die heiße Morgensonne ihre Ängste zerstreute, standen sie auf, rannten die Treppe hinunter und verlangten ein Gespräch mit dem Hausherrn. Es brachte keinen Erfolg. Er argumentierte, dies sei alles ein Albtraum gewesen, und dass sie auch noch die Unsinnigkeit einer solchen These demonstrierten, indem sie behaupteten, beide hätten dieses Phänomen zusammen beobachtet.

Sie waren dabei abzureisen, als der Hausherr all seine Behauptungen zurücknahm, ihnen ein anderes Zimmer anbot, unter allen Bedingungen, die sie verlangten, wenn sie nur bleiben und ihren Mund halten würden.

'Ich weiß, dass jedes Wort von ihnen wahr ist' sprach er, in solch einem unterwürfigen Ton, dass die empfindsamen Herzen von Mr. und Mrs. Murphy auf der Stelle nachgaben, und sie versprachen zu bleiben.

'Aber was kann ich denn tun? Ich kann ein Haus nicht schließen, für das ich einen sehr lange laufenden Mietvertrag abgeschlossen habe, nur weil *ein* Raum davon vom Spuk heimgesucht wird – und außerdem, es gibt nur einen Besucher von zwanzig, der durch diese Erscheinung gestört wird.'

'Was ist die Geschichte des Kopfes? Es wird gesagt, dass er zu einem Hausierer gehört, der hier vor über hundert Jahren ermordet wurde. Der Körper wurde hinter einer Wandtäfelung versteckt, und sein Kopf unter dem Boden des Schranks.'

'Die Missetäter wurden nie gefasst. Man vermutet, dass sie mit einem Schiff untergegangen sind, das vom hiesigen Hafen, ungefähr zur gleichen Zeit, weggesegelt ist und von dem man nie wieder etwas gehört hat.'

Das ist die Quintessenz der Geschichte, wie sie mir der Kleriker erzählt hat. In der Annahme, dass sie wahr ist, wie ich das ohne Zweifel tue, gibt es jeden Grund zu vermuten, dass es im Hotel, dem ich natürlich einen fiktiven Namen gegeben habe, immer noch spukt, wenn es noch existieren sollte.

Fall XIV

Der Spuk im ___ Haus in der Nachbarschaft der Great Western Road in Aberdeen

Die folgende Erfahrung einer Geistererscheinung ist die von Mr. Scarfe, der mir diese vor einigen Jahren erzählt hat, wobei er gleichzeitig einen großen Eifer an den Tag legte, mich bei einigen meiner Nachforschungen zu begleiten.

Von dieser berichte ich nun so, wie es seinen eigenen Worten am nächsten kommt:

Ich verbrachte die Ostertage, begann er, mit einigen meiner Freunde in Aberdeen. Als ich von diesen erfuhr, dass es ein vom Spuk heimgesuchtes Haus in der Nähe der Great Western Road gibt, bekniete ich sie, dass sie versuchen sollten, mir die Erlaubnis zu verschaffen, eine Nacht in diesem zu verbringen.

Wie es das Glück wollte, war der Eigentümer ein Bekannter von ihnen. Anfangs war er sehr zurückhaltend, mir die Erlaubnis zu geben. Er wollte keinen Präzedenzfall schaffen, infolgedessen ihn andere Leute heftig bedrängen würden, die genauso darauf aus waren, den Geist zu sehen, wie ich. Letztendlich gab er nach, und um 8 Uhr am folgenden Abend, nur begleitet von meinem Hund, betrat ich das Haus.

Ich kann nicht sagen, dass ich mich sehr wohl fühlte, als die Tür hinter mir zuschlug und ich mich alleine in einem kalten, dunklen Durchgang befand, von dem eine düstere Treppe nach oben führte und die unheimliche Dinge aller Art erahnen ließ.

Ich habe jedoch meine ängstlichen Befürchtungen, so gut ich konnte, überwunden, und begann mit einer gründlichen Untersuchung der Räumlichkeiten, um sicherzustellen, dass sich dort niemand versteckte.

Als Erstes ging ich in das Untergeschoss, inspizierte die Küche, das Waschzimmer, die Speisekammer und andere häusliche Büros. Der Platz roch ziemlich feucht, aber das war nicht verwunderlich, wenn man die Tatsache betrachtete, dass der Fußboden auf dem lehmigen Untergrund mit der schlechtesten Zementqualität hergestellt wurde, an Dutzenden Stellen gerissen und gebrochen war, und hier, seit Monaten, nicht mehr geheizt wurde.

Hier und da, in den dunkelsten Ecken, waren Ansammlungen von hässlichen Kakerlaken, und mehr als eine Ratte flitzte bei meiner Annäherung weg. Mein Hund, oder besser gesagt, der Hund, der mir geliehen wurde und der auf den Namen Scott hörte, blieb mir dicht an den Fersen und zeigte keine große Begeisterung für seine Aufgabe; selbst um die Nagetiere machte er einen großen Bogen.

Ich vertraue stets auf meine psychischen Fähigkeiten (wie sie wissen, Mr. O'Donnell, sind einige Menschen mit diesen Fähigkeiten geboren worden), die es mir ermöglichen, das Vorhandensein von Überphysischem wahrzunehmen. Ich nehme es immer wahr, wenn es in einer unerklärlichen Weise in der Luft liegt, oder untrennbar mit den Schatten verbunden ist.

Hier im Untergeschoss war es überall – die Luft war schlichtweg davon durchtränkt, und als das schwächer werdende Sonnenlicht einen Schatten nach dem anderen warf, wurde ich damit in rätselhafter Weise konfrontiert, wohin ich auch blickte.

Ich ging nach oben, und diese Dinge folgten mir. In ein oder zwei der oberen Schlafzimmer – vor allem in einer winzigen Mansarde mit Blick auf den Hinterhof – schien es so, als würden sie förmlich herumschweben.

Ich wartete dort für einige Sekunden, um zu sehen, ob sich Weiteres ereignen würde; da aber nichts passierte, folgte ich der Eingebung eines plötzlichen Impulses und ging ein noch einmal in das Untergeschoss.

Als ich am oberen Ende der Küchentreppe ankam, zeigte Scott eine entschiedene Abneigung weiter hinunterzugehen. Er kauerte sich nieder und jammerte kläglich. Als ich versuchte, ihn am Halsband zu packen, knurrte er in einer höchst wilden Art und Weise. Daraufhin hielt ich es für angebrachter alleine hinunterzugehen, da es besser ist, keinen Begleiter zu haben, als einen, der so unwillig ist.

Die Treppe endete in einem sehr dunklen und engen Gang, von dem aus sich die Türen in die Küche, die Speisekammer, die Vorratskammer usw., jeweils nach innen hinein, öffneten, und an dessen hinterem Ende ein Tor zum Hinterhof führte.

Die überphysische Präsenz schien an dieser Stelle stärker als anderswo. Ich beschloss, die Nacht hier zu verbringen, und wählte einen Platz gegenüber dem Eingang zum Waschzimmer. Ich baute mir einen Sitz aus zwei der Schubladen von der Küchenkommode, die ich, übereinandergestapelt, mit der Unterseite nach oben, auf den Boden legte.

Es war nun halb zehn; der Verkehr oben in den Straßen wurde geringer – das Klappern der Kutschen und vierrädrigen Wagen hatte fast aufgehört, während das Klimpern der Zweiraddroschken und sogar das durchdringende Gehupe und laute Surren der Motoren, weniger und weniger wurden.

Ich machte meine Kerze aus und wartete, und während ich wartete, vertiefte und intensivierte sich die Ruhe und Finsternis, bis, um Mitternacht, alles um mich herum schwarz und still war – schwarz mit einer Schwärze, die jedem Eindringen trotzte, und still, mit einer Stille, die nur noch mit einer Grabesstille konkurrieren konnte.

Gelegentlich hörte ich Geräusche – solche, zum Beispiel, wie das Quietschen eines Bretts, das Hinplumpsen einer Kakerlake und das Heulen von Scott – Geräusche, welche zur Tageszeit zu gewöhnlich wären, um ihnen Beachtung zu schenken, die aber nun höchst erschreckende und übersteigerte Dimensionen annahmen.

Von Zeit zu Zeit fühlte ich meinen Puls und nahm meine Temperatur, um mich zu versichern, dass ich völlig normal war, während ich um ein Uhr, in der Stunde, in der die menschliche Vitalität zu schwinden beginnt, einige Hühner- und

Schinkensandwiches aß, den ich mit der Hilfe von einem Glas 'Oatmeal Stout'* [* schwarzes, obergäriges Bier] verköstigte.

Bis jetzt, über das mich beschleichende Gefühl hinaus, dass sich ein überphysisches Etwas im Haus befindet, passierte nichts. Es gab nicht den geringsten Ansatz einer Erscheinung, und, so wie die Minuten geschwind vergingen, begann ich zu befürchten, dass – vielleicht – alle angeblichen Spukerscheinungen gar nicht stattgefunden haben.

Jedoch, also die Uhr zwei schlug, gab Scott ein besonders wildes Knurren von sich, und im nächsten Moment kam er rasend die Treppe herunter. Er schoss den Gang entlang und kam zu mir hin. Er kletterte über die umgedrehten Schubladen, vergrub sein Gesicht in meinem Schoß und begann höchst kläglich zu winseln.

Ein Gefühl von eisiger Kälte, das keine körpereigene Ursache haben konnte, schoss durch meinen Körper; und als ich meine Taschenlampe herausholte, um für alle Fälle präpariert zu sein, hörte ich ein eindeutiges Rascheln im gegenüberliegenden Keller.

Sofort war meine ganze Aufmerksamkeit in Richtung des Geräusches konzentriert, und als ich so dasaß und intensiv vor mich hinstarrte, verschwand plötzlich die Dunkelheit, und der ganze Gang, von einem Ende zum anderen, wurde durch einen phosphoreszierenden Schein beleuchtet.

Ich kann dieses Glühen am besten beschreiben, wenn ich sage, dass es eine große Ähnlichkeit mit dem Leuchten eines Glühwürmchens hatte.

Dann sah ich, wie die Tür zum Waschzimmer langsam begann, sich zu öffnen. Eine grässliche Angst packte mich. Was – was, in Himmels Namen, würde ich zu sehen bekommen? Starr vor Angst und nicht in der Lage, einen Laut von mir zu geben, kauerte ich mich, wie gelähmt, an die Wand, hilflos, während sich die Tür, weiter und weiter, öffnete.

Endlich, endlich, nach einer Pause, die mir wie eine Ewigkeit vorkam, zeichnete sich etwas, ein noch unbestimmbares, schattenhaftes Etwas, im Hintergrund des sich vergrößernden Raums ab. Meine Spannung war nun unvergleichlich. Ich fühlte, eine weitere Sekunde oder so, mit solch einer Belastung, würde mich ohnmächtig werden lassen.

Jedoch, das schattenhafte Etwas entwickelte sich schnell weiter. Und in weniger Zeit als notwendig ist, dies zu schreiben, nahm es die Gestalt einer Frau an – eine Frau im mittleren Alter, mit einem erschreckend weißen Gesicht, einer gerade Nase, einem seltsam geformten Mund. Die beiden Vorderzähne standen ziemlich weit vor und waren sehr lang.

Ihr Haar war schwarz, ihre Hände rau und rot, und ihre Kleidung war wie die gewöhnliche, schäbige Kopie von der einer Bediensteten in einer bürgerlichen Familie. Der Ausdruck in ihren weit geöffneten, glasigen, blauen Augen, als sie auf die meinen starrte, war von solch einem intensiven und mentalen Schmerz, dass ich fühlte, wie mein ganzes Blut in den Adern gerann.

Sie schlich verstohlen vorwärts, ihren starren Blick noch auf mich gerichtet, und ging über die Türschwelle. Sie gab mir ein Zeichen, ihr zu folgen, und glitt die Treppe hoch. Wir gingen höher und höher, und die graue Morgendämmerung begrüßte uns auf unserem Weg.

Als wir in die Mansarde eintraten, die ich bereits beschrieben hatte, ging das Phantom geräuschlos zum Ofen, richtete den Zeigefinger der rechten Hand mit einer ungestümen Bewegung nach unten, und plötzlich war es verschwunden.

Ein starkes Gefühl der Erleichterung kam über mich, und, einer Reaktion nachgebend, welche die unvermeidbare Folge einer solch ernsten, nervlichen Anspannung war, schwankte ich zum Fenstersims und schüttelte mich vor Lachen.

Meine Fassung kam wieder zurück, ich markierte sorgfältig die Stelle auf dem Fußboden, auf welche die Erscheinung gezeigt hatte, ging runter ins Untergeschoss, um

Scott zu holen, und machte mich schleunigst auf den Weg zum Haus meiner Freunde, wo mir gestattet wurde, bis spät in den Tag hinein zu schlafen.

Später ging ich mit dem Eigentümer und meinem Freund zurück zum verhexten Haus. Als wir ein Fußbodenbrett in der Mansarde anhoben, entdeckten wir einen adressierten Umschlag.

Als Ergebnis unserer gemeinsamen Nachforschungen erfuhren wir, dass das Haus einige Jahre zuvor von einigen Handelsleuten namens Piblington bewohnt worden war. Bei diesen war, etwa sechs oder sieben Monate bevor sie das Haus wieder verließen, eine Dienstmagd namens Anna Webb angestellt. Diese Dienstmagd, deren Personenbeschreibung in jeglicher Hinsicht dem Geist entsprach, den ich gesehen hatte, wurde verdächtigt, einen Brief mit Geld gestohlen zu haben, und hatte sich deswegen im Keller erhängt.

Dieser Brief, ich denke mit einigen anderen, wurde Anna übergeben, um diese an Mrs. Piblington schicken zu lassen, und da es keine Antwort auf denjenigen gab, der das Geld enthalten hatte, wurde Anna genauer befragt.

Natürlich, nervös und höchst angespannt, wurde sie durch dieses Verhör fürchterlich verunsichert, und als man ihre Verwirrung als Schuld auslegte, wurde ihr mit einer Strafverfolgung gedroht.

Als Beweis meiner Unschuld kritzelte sie auf ein Blatt Papier, welches bei der daraufhin folgenden gerichtlichen Untersuchung präsentiert wurde, werde ich mich erhängen. Ich habe niemals ihren Brief gestohlen und ich kann nur annehmen, dass er in der Post verloren gegangen ist.

Die bloße Tatsache, dass die Beschuldigte Selbstmord begangen hatte, war in der Ansicht vieler Leute ein Hinweis auf Schuld, und da die Postanweisung für den Brief niemals nachverfolgt werden konnte, hat man allgemein angenommen, dass Anna diesen verborgen hat und nur darauf wartete, bis die Untersuchung abgeschlossen und die Sache vergessen war, um ihn dann zu holen.

Natürlich war der Brief, der nun gefunden wurde, derjenige, der vermisst wurde. Obwohl dieser vielleicht mit Absicht versteckt wurde, scheint die Tatsache, dass er niemals geöffnet wurde, darauf hinzudeuten, dass Anna unschuldig war, und der Brief ist wohl, durch einen außergewöhnlichen Unglücksfall und von Anna nicht bemerkt, durch den Spalt zwischen den Brettern gefallen.

Wie auch immer, seine Entdeckung machte ein Ende mit dem Unfrieden, und eine Geistererscheinung der unglücklichen Selbstmörderin – ob schuldig oder unschuldig, das Jüngste Gericht allein kann dies entscheiden – ist nie wieder vorgekommen.

Schottische Landschaft im Sommer, Sir Alfred de Breanski, 1876

Fall XV

Die 'weiße Lady' aus der Rownam Avenue (Allee) in der Nähe von Stirling

Wie die meisten europäischen Länder auch, beansprucht Schottland seinen Anteil an den Phantomen in der Gestalt von 'weißen Ladys'.

Gemäß der Aussage von Mr. Ingram, in seinem Buch 'Haunted Houses and Family Legends'* [* Verfluchte Häuser und Familienlegenden], spukt eine weiße Frau in den Ruinen der Villa von Woodhouselee, vermutlich (obwohl ich persönlich anderer Meinung bin) der Geist von Lady Hamilton of Bothwellhaugh* [* Diese Geschichte von Lady Hamilton of Bothwellhaugh wird von Historikern allgemein bestritten].

Diese unglückliche Lady wurde, zusammen mit ihrem Baby – während einer vorübergehenden Abwesenheit ihres Ehemannes – völlig entkleidet und in einer bitterkalten Nacht, von einem Günstling des Regenten Murray* [* James Stewart, 1. Earl of Moray (Murray), damaliger Regent Schottlands], ins Freie geschickt.

Als Folge dieser unmenschlichen Tat starb das Kind. Die Mutter, mit seiner Leiche im Arm, wurde am Morgen, rasend vor Wut, aufgefunden. Eine andere Darstellung, von einer bestimmten Art der Erscheinung, kann man in dem Buch von Sir Walter Scott 'White Lady of Avenel'* [* Die 'weiße Lady' von Avenel (Schloss Avenel)] finden, und es gibt endlos viele andere, sowohl in der Realität, als auch in der Dichtung.

Vor einigen Jahren machte ich mich auf den Weg zu einem Haus eines Freundes in Edinburgh. Ich wurde einem Mann vorgestellt, der mehrere Erfahrungen mit Geistererscheinungen hatte und den man deshalb speziell angesprochen hatte, um mich zu treffen.

Nachdem wir einige Zeit miteinander gesprochen hatten, erzählte er mir von dem folgenden Abenteuer, dass er in seiner Kindheit in der Rownam Avenue in der Nähe von Stirling (dem Sitz von Sir E.C.) erlebt hatte:

Ich habe immer die Natur geliebt, begann er, und meine frühesten Erinnerungen sind mit einsamen Wanderungen durch die Felder, Täler und Wäldchen verbunden, die mein Zuhause umgeben. Ich lebte nur einen Steinwurf entfernt vom Grundstück des alten Sir E.C. entfernt, der schon lange von uns gegangen ist – Gott hab ihn selig!'

Und ich denke, es wird der Segen gebraucht, denn wenn etwas Wahres dran war, an dem örtlichen Klatsch, hat er ein sehr seltsames Leben geführt (und es wird gesagt, so wie ich selbst denke, ›wo Rauch ist, ist auch Feuer‹). In der Tat wurde ihm allgemein eine solche Furcht und Verachtung entgegengebracht, dass wir vor ihm flüchteten, wenn er sich uns näherte. Untereinander sprachen wir nie anders von ihm als 'Auld dour crab'* [* schottischer Dialekt, alte starrsinnige Krabbe], oder 'The laird deil'* [* schottischer Dialekt, Laird (Lord) des Teufels].

Rownam Manor House, wo er lebte, war ein schönes Beispiel für die Architektur des 16. Jahrhunderts. Hätte man es Schloss genannt, hätte es diese Bezeichnung weit mehr verdient, als viele der Gebäude in Schottland, die diesen Namen haben. Man erreichte es über eine Allee mit vielen Bäumen – riesige Ulmen, Eichen und Buchen, die im Sommer oben ihre Äste vereinigten und so eine wirksame Barriere gegen die Sonnenstrahlen bildeten.

Diese Allee hatte mich unwiderstehlich angezogen. Es wimmelte buchstäblich von Kaninchen und Eichhörnchen, und viele Male hatte ich sie unerlaubt betreten, um diese zu beobachten. Ich hatte ein sicheres Versteck in der Höhle einer Eiche, wo ich mich oft verborgen hatte, während Sir E.C. und seine Wächter, ohne einen Blick in meine Richtung zu werfen, ahnungslos vorbeigingen und alle möglichen Racheschwüre gegen Eindringlinge von sich gaben.

Natürlich musste ich sehr vorsichtig sein, dort hinzukommen, da das Gelände gut bewacht war, und Sir E.C. hatte geschworen, jeden strafrechtlich zu belangen, den er dort ohne seine Erlaubnis herumlaufen sah. Wenn Sir E.C. mich erwischt hätte, wäre ich, zweifellos, mit äußerster Strenge behandelt worden, da mein Vater und er erbitterte politische Gegner waren, und aus diesem Grund, wie unvernünftig es auch gewesen war, niemals eine Gelegenheit ausließen, sich gegenseitig zu beleidigen.

Mein Vater, ein überzeugter Radikaler, war in Opposition zu allen großen Landbesitzern. Konsequenterweise zwinkerte er deshalb mit den Augen wegen meiner unerlaubten Übertritte, und ich denke, nichts hätte ihm mehr gefallen, als wenn ich von Sir E.C. zur Rechenschaft gezogen worden wäre. Er hätte dann Gelegenheit zu meiner Verteidigung gehabt und an die Leidenschaft der Leute zu appellieren, die alle Radikale waren, und um sie weiter gegen die Grundsätze des Feudalismus aufzuwiegeln.

Aber nun, um fortzufahren: Ich habe im Dorf oft Gerüchte gehört, dass die Rowman Avenue verhext war und dass die Erscheinung dort eine 'Lady in Weiß' war, und niemand anders, als die Frau von Sir E.C., deren Tod, zu einem sehr frühen Zeitpunkt, von der brutalen Behandlung durch ihren Ehemann beschleunigt, wenn nicht gar verursacht wurde.

Ob Sir E.C. wirklich so schwarz war, wie er gemalt wurde, habe ich niemals herausfinden können; die große Feindseligkeit, mit der wir ihn alle betrachteten, ließ uns alles Schlechte von ihm glauben, und wir waren stets bereit, alle Geistererscheinungen in der Nachbarschaft seinen früheren Missetaten zuzuschreiben.

Ich glaube, meine Familie, mit kaum keiner Ausnahme, glaubte an Geister. Was auch immer, das Thema Geister wurde so oft vor meinen Ohren diskutiert, dass ich die unbeherrschbare Neugier hatte, einen solchen sehen zu wollen. Wenn nur die 'weiße Lady' sich am Tage zeigen sollte, hätte ich keine Schwierigkeit, diese Neugier zu befriedigen.

Unglücklicherweise erschien sie aber erst, wenn es Nacht wurde – in der Tat, nicht bevor Jungen in meinem Alter längst unerbittlich zu Bett geschickt worden sind.

Ich konnte mich nicht recht mit der Idee anfreunden, mitten in der Nacht aus dem Haus zu schleichen und alleine zu gehen, um dem Geist zu begegnen, deshalb schlug ich einem Schulkameraden vor, dass er eines Nachts auch losbrechen und mich nach Rownam begleiten sollte, um die 'weiße Lady' zu sehen.

Es hatte aber keinen Zweck. So gern er auch einen Geist bei hellem Tageslicht gesehen hätte, war es doch eine andere Sache in der Nacht, um nicht auch noch das Risiko zu erwähnen, von unserem eingefleischten Feind, Sir E.C., beim unerlaubten Eindringen erwischt zu werden.

Am Ende musste ich feststellen, dass weder Überredungskünste, Bestechung, noch irgendwelche Hänseleien wegen Feigheit, eine Wirkung auf meinen Schulkameraden hatten. Da er auch nicht entscheiden konnte, wessen Erscheinung für ihn entsetzlicher wäre, die der 'weißen Lady' oder die des 'Laird Deil', gab ich alle weiteren Bemühungen auf, ihn zu veranlassen mich zu begleiten, und entschloss mich, alleine zur Rownam Avenue zu gehen.

Ich harrte einer passenden Möglichkeit und wartete, bis mein Vater einmal weg war – zu einem Besuch in Greenock, wo eine geschäftliche Angelegenheit ihn für einige Tage festhalten würde. Ich kletterte aus dem Fenster, als ich glaubte, dass die restlichen Leute im Haus fest schliefen würden. Ich eilte rasch über die Felder, machte es kurz mit dem Sprung über die Mauer, welche die südlichste Grenze des Rownam Anwesens bildete und machte mich geschwind auf den Weg zur Allee.

Es war eine besonders angenehme Sonntagnacht im August, und es schien so, dass die ganze Natur an der Pause von Krach und Arbeit teilnahm. Kaum ein Geräusch unterbrach die Stille der Wälder. Gelegentlich überkam mich das herrliche Gefühl von Freiheit und ich hielt inne, erhob meinen Blick zum sternenbedeckten Himmel und sog, in gewaltigen Zügen, die reine Landluft ein, nur vermischt mit dem süßen Geruch von frisch gemähtem Heu und dem Duft der Sommerblumen.

Ich war wie betrunken, wie in einem Rausch, und in einem Anfall von Freude warf ich mich auf den moosigen Boden, entblößte meine Kehle und Brust, und badete mich in den Küssen der Mondstrahlen.

Dann stand ich langsam auf und machte die verrücktesten Luftsprünge und setzte schließlich, wieder ernüchtert, meinen Weg fort. Hin und wieder, wenn ich dachte, die heimlichen Schritte eines Wächters gehört zu haben, versteckte ich mich hinter einem Baum, wo ich blieb, bis ich mir ganz sicher war, dass ich mich geirrt hatte und niemand in der Nähe war.

Wie viel Zeit ich vertrödelt hatte, wusste ich nicht, aber es musste schon gut ein Uhr gewesen sein, bevor ich am Rand der Allee ankam. Ich ging ungeduldig weiter, um mich dann in meiner Lieblingszuflucht, der hohlen Eiche, zu verstecken.

Alles war still und bewegungslos. Als ich in die Dunkelheit hinausstarrte, hatte ich, zum ersten Mal in meinem Leben, ein Gefühl der Unheimlichkeit. Der gewölbte Baldachin aus Laubwerk über mir erschien mir wie ein Leichentuch. Nicht der geringste Schimmer des Mondlichts kam hindurch, und alles darunter schien mir, wie in der Stille und Dunkelheit einer Gruft begraben zu sein.

Die Einsamkeit ging mir an die Nerven. Zuerst wurde mir angst, nur angst, und dann verwandelte sich meine Angst in eine wilde Panik, eine wilde, verrückte Panik, die nur aus einem einzigen Verlangen bestand, wieder dorthin zu gelangen, wo menschliche Wesen waren – Kreaturen, die ich kannte und verstand.

Mit diesem Ziel vor Augen kam ich aus meinem Versteck und war bereit, durch den Wald zu rennen, als, aus weiter Entfernung, plötzlich der Klang einer Stimme zu mir drang, die strenge, kratzende Stimme eines Mannes.

Überzeugt davon, dass ich dieses Mal von einem Wächter entdeckt worden bin, sprang ich zurück zum Baum, versteckte mich darin und schaute vorsichtig heraus. Was ich dann sah, hatte mich fast aus meiner Haut springen lassen.

Die Allee entlanggehend, kam die Gestalt, nach der ich mich immer gesehnt hatte, sie zu sehen und für die ich so viel riskiert hatte: die mysteriöse, weithin berühmte 'Lady in Weiß' – ein Geist, ein wirklicher, authentischer Geist!

Wie doch jeder Nerv in meinem Körper vor Aufregung angespannt war, und mein Herz pumpte – bis es so schien, als würde es fast durch meine Rippen springen! Die 'Lady in Weiß'!

Warum? Natürlich würde es das Gespräch im ganzen Bezirk sein! Jemand hatte wirklich und endlich die berüchtigte Erscheinung gesehen – und nicht nur einen Hinweis vom Hörensagen. Wie würden mich alle meine Schulkameraden beneiden, und wie bitter würden sie es bereuen, dass sie zu feige waren, mich zu begleiten.

Ich schaute sie mir genau an und stellte fest, dass sie vollkommen strahlte und ein phosphoreszierendes Glühen von sich gab, wie das von einem Glühwürmchen, ausgenommen, dass dieses sich in ununterbrochener Bewegung befunden hätte. Sie trug Tuchstoffe um sich herum, in einer Weise, die mich zutiefst verwirrte, bis ich plötzlich, mit Schauern, die durch meinen Körper krochen, realisierte, dass es Leichentücher sein müssen, die zu einem Begräbnis gehören, und die mir so oft und genau von dem Sohn des Bestatters im Ort beschrieben wurden.

Obwohl interessant, fand ich sie keineswegs kleidsam, und hätte es vorgezogen, eine andere Art von Gewand zu sehen. Über ihren Hals und die Schultern flatterte dichtes, welliges, goldenes Haar, das zerzaust wurde, aber nur in geringer Weise, verursacht durch die sanfte Sommerbrise. Ihr Gesicht, obwohl schrecklich aufgrund der gespenstischen Blässe, war so schön, dass ich, hätte mich nicht ein bändigender Einfluss zurückgehalten, aus meinem Versteck gekommen wäre, um einen näheren Blick darauf zu werfen.

In der Tat konnte ich nur einmal einen Blick auf ihr ganzes Gesicht erhaschen, da sie dieses beharrlich von mir wegdrehte, was ich mich sehr verdross; aber in der kurzen Sekunde, hat der Glanz ihrer großen, blauen Augen meine ganze Seele gewonnen. Und ich sage euch, sowie ich war, fühlte mich wie der Held in einem Lied, und würde mich, für meinen Geist, ganz bestimmt 'lay me doon and dee'* (hinlegen und sterben) [* eine Verszeile aus dem alten schottischen Lied 'Annie Laurie', basierend auf einem Gedicht von William Douglas, 'Dumfries and Galloway', über seine Romanze mit Annie Laurie].

Ihre Augen sind immer noch fest in meinem Gedächtnis; ich werde sie nie vergessen, wie ich auch die anmutigen Kurven ihrer vollen, roten Lippen nicht vergessen werde und ihre schneeweißen, perfekten Zähne.

Nichts, dachte ich, sowohl auf Erden oder im Himmel, könnte auch nur halb so lieblich sein. Ich war in meinen Gedanken so entrückt und hatte nicht wahrgenommen, dass sie nicht allein war, bis sie direkt unterhalb von mir stand. An ihrer Seite lief Sir E.C., mit einem Arm um ihre Taille, sein Gesicht und seine Gestalt angestrahlt vom Licht, das von ihrem Körper kam. Aber wie verändert er doch war!

Weg waren der tiefe, schwarze, finstere Blick, das barbarische Zusammenpressen seiner Kiefer und die hochgradig unsympathische Erscheinung, die ihm den Spitznamen 'the laird deil' (Lord des Teufels) einbrachte. An ihrer Stelle sah ich Liebe – nichts als blinde, schwärmerische, Seelen verzehrende Liebe – eine Liebe, für die es keine angemessenen Worte gibt.

Ich hatte jegliche Besonnenheit aufgegeben – meine Aufregung und Neugier hatten sich auf dem höchsten Punkt befunden – und lehnte nun mehr als mit meinem halben Körper aus dem Loch im Stamm. Im nächsten Moment, mit einem Schrei des Entsetzens, fiel ich kopfüber auf den Boden.

Es scheint so, dass Jungen, wie Katzen, unter normalen Umständen nicht getötet werden, und, anstelle mir das Genick zu brechen, trug ich nur eine sehr unwesentliche Verletzung davon.

Unwesentlich, zumindest in meinem Fall – war ein vorübergehender Verlust meiner Sinne. Als der wenige Verstand, der mir eigen ist, wiederkam, erwartete ich, dass ich mich in den Händen des zornigen Lords befinden würde, der mich am Hemdkragen packen und in Stücke reißen würde.

Aus diesem Grund, zu verängstigt mich zu bewegen, lag ich völlig still da und hielt meine Augen geschlossen. Aber als die Minuten vergingen und nichts passierte, stand ich auf. Alles war ruhig und stockdunkel – keine Spur von der 'Lady in Weiß' – keine Spur von Sir E.C.

Ich brauchte nicht lange, um aus dem Wald heraus und nach Hause zu kommen. Ich rannte den ganzen Weg, und es war noch früh – viel zu früh, dass sich schon jemand im Haus geregt hätte, sodass ich unbemerkt in mein Schlafzimmer schleichen konnte. Ich konnte aber nicht schlafen, auch du liebe Güte!, wirklich nicht schlafen, und von dem Moment an, wo ich die Kerze ausgeblasen hatte, setzte die Reaktion auf die Geschehnisse ein, und ich litt unter Qualen der Angst.

Als ich am nächsten Morgen zur Schule ging – mein Gleichgewicht wiederhergestellt – und, übersprühend vor Aufregung, den anderen Jungen gerade erzählen wollte, was passiert war, erhielt ich einen weiteren Schock – noch bevor ich ein Wort über meine Erfahrungen herausbringen konnte. Man sagte mir – sagte mir, unter Gejohle und lauten Rufen, die fast meine Trommelfelle haben platzen lassen – dass der 'auld laird deil' tot war!

Sein Körper wurde ausgestreckt auf dem Boden der Allee gefunden, ein paar Fuß von der hohlen Eiche entfernt, kurz nach Sonnenaufgang. Er war an einem Ohnmachtsanfall gestorben, der von einem Schock ausgelöst wurde – einem starken, mentalen Schock.

Ich habe meinen Kameraden dann doch nichts von meinem nächtlichen Abenteuer erzählt. Mein Eifer, dies zu tun, war weg, nachdem ich von dem Tod des 'auld lairds'(des alten Lords), gehört hatte.

Fall XVI

Der Geist des Hindu-Kindes oder der Spuk im White Dove Hotel nahe der St. Swithin's Street in Aberdeen

Im Verlaufe von vielen Jahren der Untersuchung von verhexten Häusern, bin ich naturgemäß mit zahlreichen Leuten zusammengekommen, die Erfahrungen aus erster Hand mit dem Okkulten hatten. Die Krankenschwester Mackenzie ist eine dieser Personen. Ich habe sie letztes Jahr im Haus meines alten Freunds Colonel Malcolmson, zum ersten Mal getroffen, dessen Frau sie betreute.

Für einige Tage war mir kaum bewusst, dass sie im Haus war, da die Krankheit ihrer Patientin sie in ständiger Abgeschlossenheit hielt, aber als es Mrs. Malcolmson besser ging, bekam ich sie öfters zu sehen, wenn sie einen Morgenspaziergang auf dem Gelände des herrlichen Schlosses machte. Es war bei einer dieser Gelegenheiten, als sie mir ihr Abenteuer mit dem Übernatürlichen anvertraute.

Es passierte, begann sie, kurz, nachdem meine Probezeit im St. K's Krankenhaus in Edinburgh zu Ende war. Das Krankenhaus erhielt eines Morgens einen Brief mit der dringenden Anfrage, dass man zwei Krankenschwestern zu einem besonderen Fall nahe der St. Swithin's Street schicken sollte.

Da der Brief von einem sehr bekannten Arzt in der Stadt unterschrieben war, schenkte man diesem sofort die notwendige Aufmerksamkeit, und Schwester Emmett und ich wurden zu dem entsprechenden Ort losgeschickt, als Tages- und als Nachtschwestern. Meine Dienststunden waren von neun Uhr am Abend, bis neun Uhr am Morgen.

Das Haus, in dem sich der Patient befand, war das White Dove Hotel, ein allgemein geschätztes und gut geführtes Haus. Der Inhaber konnte uns nicht mehr über die Kranke sagen, außer dass sie Vining hieß, und dass sie, zu einer bestimmten Zeit ihrer beruflichen Karriere, Schauspielerin war.

151

Es war ihm aufgefallen, dass sie krank aussah am Tag ihrer Ankunft in der vorhergehenden Woche. Zwei Tage danach hatte sie sich darüber beklagt, dass sich sehr schlecht fühlen würde, und der Arzt, der dazu aufgefordert hatte sie zu pflegen, sagte, dass sie einer scheußlichen, orientalischen Erkrankung litt, welche, zum Glück, sehr selten in diesem Land ist.

Das Hotel, obwohl es neu dekoriert wurde und überall die neuesten Bequemlichkeiten zu bieten hatte, war in Wirklichkeit sehr alt. Es war eines dieser traumhaften, geräumigen Bauten, die wie für die Ewigkeit und den Komfort gebaut schienen, und nicht für Raumökonomie.

Das Interieur, mit seinen eichengetäfelten Wänden, polierten Eichenfußböden und niedrigen Decken, durchquert von schweren Eichenbalken, fand ich ebenfalls beeindruckend. Ein Treppenaufgang mit breiten Eichenstufen, eingerahmt von Balustraden, die einen Fuß dick waren, brachte mich zu einem schier endlosen Korridor, in den hinein sich die Tür von Miss Vinings Zimmer öffnete.

Es war ein niedriges, vertäfeltes Appartement, und von seinem tief eingesetzten Fenster, das die Stärke der Wände offenbarte, schaute man auf einen trostlosen Hof hinaus, auf dem zahlreiche Besen und Eimer herumstanden.

Gegenüber dem Bettende – nebenbei gesagt, von einem modernen, französischen Bettgestell, dessen Messingbeschläge und etwas dünnen Behänge in einem seltsamen Gegensatz zu der ehrwürdigen Umgebung standen – gab es einen Kamin und die schwelenden Überreste, die zweifelsohne für ein Feuer gedacht waren, das aber noch ziemlich viel Überredung brauchte, bevor es von einem bloßen Anschein, in Realität umgewandelt werden konnte.

Es gab keinen anderen Ein- oder Ausgang, außer der Tür, durch die ich eingetreten war, und auch keine Möbel, außer zwei Stühlen, mit Binsengewebe als Sitzfläche und einen Tisch, bedeckt mit einem Durcheinander von Schreibmaterial und Medizinflaschen.

Ein Gefühl der Beklommenheit, in einem seltsamen Gegensatz zu der Wirkung, die durch das heitere Erscheinungsbild des Hotels im Allgemeinen auf mich ausgeübt wurde, ergriff mich, sofort als ich den Raum betrat.

Trotz der Helligkeit des elektrischen Lichts und den neuen und farbenfrohen Bettdekorationen, war die Atmosphäre schwermütig – eine Schwermütigkeit, die, da sie nicht erklärbar war, umso besorgniserregender wirkte.

Ich fühlte sie um mich herum, wie undeutliche Schatten von etwas, das abscheulich und abstoßend war, und als ich mich der kranken Frau näherte, schien es sich mir in den Weg zu stellen und mich zurückzudrängen.

Miss Vining sah ausgesprochen gut aus, sie hatte die typischen schauspielerischen Eigenschaften – ordentlich geformte Nase und Kinn, lockiges, gelbes Haar und große, verträumte Augen, wie sie einen besonderen Reiz auf eine bestimmte Sorte von Männern ausüben. Wie die meisten Frauen auch, bevorzuge ich selbst etwas mehr Gediegenes, sowohl körperlich als auch intellektuell – ich kann dieses 'hübsch, hübsch, hübsch' nicht leiden.

Sie war natürlich viel zu krank, um sich zu unterhalten; abgesehen von ein paar vereinzelten und krampfhaften Ausrufen, war sie sehr ruhig.

Da es keinen Grund gab, mich dicht neben sie zu setzen, zog ich einen Stuhl zur Feuerstelle hin und stellte ihn so auf, dass ich die volle Sicht auf das Bett hatte.

Meine erste Nacht verging ungestört, ohne irgendeinen einen Vorfall, und am Morgen zeigte der Zustand meiner Kranken eine leichte Besserung.

Es war gegen acht Uhr am Abend, als ich bereits wieder zum Dienst kam. Das Wetter hatte sich während des Tages verändert, und der ganze Raum hallte und hallte wieder vom Heulen des Windes, der mit teuflischer Heftigkeit um das Haus tobte.

Ich war für ein wenig mehr als zwei Stunden auf meinem Posten und hatte gerade die Temperatur meiner Patientin gefühlt, als ich von meinem Buch aufblickte, das ich gerade las.

Zu meiner Überraschung sah ich, dass der Stuhl neben dem oberen Ende des Betts von einem Kind besetzt war – einem kleinen Mädchen. Wie sie in den Raum gelangen konnte, ohne meine Aufmerksamkeit zu erregen, war sehr außergewöhnlich, und ich konnte nur vermuten, dass das Gekreische des Windes das Geräusch der Tür und ihre Schritte gedämpfte hatte.

Ich war natürlich – selbstredend – sehr entrüstet, dass das Mädchen gewagt hatte einzutreten, ohne vorher anzuklopfen. Ich stand von meinem Stuhl auf und war dabei sie anzusprechen und um sie aufzufordern, zu gehen, als sie eine winzige, weiße Hand hob und mich zurückwinkte.

Ich gehorchte, weil ich mir nicht anders helfen konnte. Ihre Handlung war begleitet von einem eigenartigen – unangenehm eigenartigen Ausdruck – der mich fesselte, und, ohne genau zu wissen warum, stand ich da, starrte auf sie, brachte keinen Ton heraus, und zitterte.

Ihr Gesicht war zur Patientin hingewandt, und da sie auch noch einen sehr breitkrempigen Hut trug, konnte ich nichts von ihren Gesichtszügen erkennen, aber aus ihrer anmutigen, kleinen Figur und den zierlichen Gliedern, habe ich geschlossen, dass sie wahrscheinlich sowohl schön, als auch aristokratisch war.

Ihr Kleid, obwohl nicht unbedingt von der besten Qualität, war aber keineswegs schäbig, und es gab etwas in Stil und Machart, das auf eine fremdländische Herkunft schließen ließ – Italien – oder Spanien – oder Südamerika – oder sogar dem Orient. Die Wahrscheinlichkeit von Letzterem wurde durch ihre Körperhaltung verstärkt, welche voll von der schlangenartigen Leichtigkeit war, wie sie für den Osten charakteristisch ist.

Ich war so damit beschäftigt, sie zu beobachten, dass ich meine Patientin vollkommen vergessen hatte, bis ein langer Seufzer von ihr mich wieder an ihre Existenz erinnerte.

Ich machte einen Versuch vorzugehen und wollte mich dem Bett nähern, als mich das Kind, ohne seinen Kopf zu bewegen, zurückwinkte und – wiederum war ich hilflos.

Der Anblick, den ich von der kranken Frau bekam, so kurz er auch war, erfüllte mich mit Sorge. Sie warf sich vor und zurück auf den Decken, und sie atmete in einer höchst gequälten Art und Weise, als wenn sie im Delirium wäre oder einen höchst schrecklichen Albtraum hätte.

Ihr Zustand machte mir so viel Angst, dass ich höchst verzweifelte Anstrengungen unternahm, meine Regungslosigkeit zu überwinden. Es gelang mir jedoch nicht und schließlich schloss ich, völlig überwältigt von meinen Kraftanstrengungen, meine Augen.

Als ich sie wieder öffnete, war der Stuhl vor dem Bett leer – das Kind war verschwunden. Ein gewaltiges Gefühl der Erleichterung stieg in mir hoch. Ich sprang aus meinem Stuhl und hastete an die Bettkante – meiner Patientin ging es schlechter, das Fieber hatte sich erhöht und sie war im Fieberwahn.

Als ich ihre Temperatur nahm, war diese bei 40 Grad. Ich saß nun nahe bei ihr, und meine Anwesenheit hatte offensichtlich einen wohltuenden Effekt. Schnell wurde sie ruhiger, und als sie ihre Medizin genommen hatte, sank sie allmählich in einen sanften Schlaf, der bis zum Morgen andauerte. Als ich sie verließ, hatte sie sich insgesamt von ihrem Rückfall erholt. Ich erzählte dem Arzt natürlich von dem Besuch des Kindes, und er war sehr ärgerlich.

'Was auch immer passiert, Schwester', sagte er, 'sorgen Sie dafür, dass niemand heute Nacht den Raum betritt; der Zustand der Patientin ist viel zu kritisch, als dass sie jemanden sehen könnte und wenn es ihre eigene Tochter wäre. Sie müssen die Tür verschlossen halten.'

Mit dieser Aufforderung im Sinn trat ich in der folgenden Nacht mit einem leichteren Herzen meinen Dienst an. Nachdem ich die Tür verschlossen hatte, setzte ich mich wiederum an die Feuerstelle.

Während des Tages hatte es heftig geschneit. Der Wind hatte nachgelassen, und die Straßen waren nun still wie ein Grab.

Die Uhr schlug zehn, elf und zwölf Uhr in der Nacht, und meine Patientin schlief ruhig. Viertel vor eins wurde ich jedoch abrupt aus meiner Träumerei aufgerüttelt, von einem Schluchzen, einem Schluchzen von Angst und Qual, das vom Bett her kam. Ich schaute hin und da – da, in der gleichen Haltung sitzend wie am vorherigen Abend, war das Kind.

Mit einem Ausruf des Erstaunens sprang ich auf meine Füße. Es erhob seine Hand, und, wie zuvor, fiel ich in mich zusammen – verhext – paralysiert. Keine Worte von mir könnten all die Empfindungen vermitteln, die ich durchlebte, als ich dasaß, gezwungen dem Stöhnen und Seufzen der Frau zuzuhören, deren Schicksal mir anvertraut war.

Mit jeder Sekunde wurde es schlimmer, und jeder Ton klang in meinen Ohren, wie das Hämmern von Nägeln in ihren Sarg. Wie lang ich diese Tortur ertragen habe, kann ich nicht sagen, ich traue mich nicht, daran zu denken. Die Uhr stand nur wenige Fuß von mir entfernt, doch habe ich nicht einmal daran gedacht, auf sie zu sehen.

Schließlich erhob sich das Kind, bewegte sich langsam vom Bett weg, und ging mit gesenktem Kopf weiter zum Fenster. Der Bann war gebrochen. Mit einem Schrei der Empörung rannte ich förmlich über den Teppich und bin an den Eindringling herangetreten.

'Wer bist du?', zischte ich. 'Sag mir sofort deinen Namen! Wie kannst du es wagen, diesen Raum ohne Erlaubnis zu betreten?'

Als ich sprach, hob sie langsam ihren Kopf. Ich schnappte mir ihren Hut. Er schmolz in meinen Händen, und zu meinem Schrecken, meinem unaussprechlichen Schrecken, meinem unüberwindbaren Schrecken, schaute ich in das Gesicht einer Leiche! – die Leiche eines Hindukindes, mit einem großen, offenstehenden Spalt in seiner Kehle.

Zu Lebenszeiten war das Kind, ohne Zweifel, wunderhübsch gewesen; nun war es schrecklich – schrecklich mit allen gespenstischen Entstellungen, die abstoßenden Entstellungen eines langen Aufenthalts in einem Grab.

Ich wurde ohnmächtig, und als ich mich erholt hatte, sah ich, das meine geisterhafte Besucherin verschwunden und mein Patient tot war. Eine ihre Hände war über ihre Augen gelegt, so, als würde sie aus Furcht eine bestimmte Sache nicht sehen wollen, während die andere krampfhaft die Tagesdecke festhielt.

Es gehörte zu meinen Aufgaben, ihre Habseligkeiten zu packen, und unter diesen war ein großer Umschlag mit dem Postvermerk 'Quetta'* [* eine Stadt im Westen Pakistans].

Da wir nach einer Adresse von ihren Angehörigen suchten, öffnete ich ihn. Es gab darin nur eine Fotographie im Kabinettformat* [* etwa 10 cm x 15 cm] von einem Hindukind, aber ich erkannte sofort das Kleid – es war das von meiner geisterhaften Besucherin. Hinten darauf standen die Worte: 'Natalie, möge Gott uns beiden vergeben.'

Obwohl wir sorgfältige Nachforschungen angestellt hatten, nach Natalie und Miss Vining in Quetta, und auch kostenlos in den führenden Londoner Zeitungen annoncieren durften, erfuhren wir nichts, und nach einer gewissen Zeit waren wir gezwungen, die Sache ruhen zu lassen.

Soweit ich weiß, wurde der Geist des Hindukindes nie wieder gesehen, aber ich habe gehört, dass das Hotel immer noch von einem Geist heimgesucht wird – heimgesucht von einer Frau.

Glamis Castle

Glamis Castle im Winter

Anmerkungen des Übersetzers:

Das Glamis Castle (Schloss), befindet sich in der Nähe der Ortschaft Glamis, im Angus County, Schottland. Es ist der Wohnsitz des Earls und der Countess of Strathmore und heute der Öffentlichkeit zugänglich.

Es hatte über die Jahre viele berühmte Gäste. Besonders in jüngster Zeit waren dies etwa Queen Elisabeth I., geborene Elizabeth Bowes-Lyon, später 'Queen Mom' genannt, Mutter der heutigen Königin Elisabeth II. Sie verbrachte hier ihre Kindheit, und ihre Tochter Prinzessin Margaret, Schwester von Königin Elisabeth II., wurde hier geboren. Die Innenräume von Glamis Castle werden als die edelsten in ganz Schottland betrachtet.

Zahlreiche Sagen und Legenden ranken sich um dieses Schloss, und es soll mehr dunkle Geheimnisse haben, als jedes andere Schloss im Vereinigten Königreich. Es findet sich schon sehr früh in bedeutender Literatur wieder, so zum Beispiel in Shakespeares 'Macbeth'.

Die berühmteste Legende ist die des Monsters von Glamis, einem schrecklich deformierten Kind, das dort geboren, und sein ganzes Leben lang im Schloss gefangen gehalten wurde. Nach seinem Tod hat man es in das Zimmer eingemauert.

Gäste im 'viereckigen Turm', wo sich das Zimmer befinden soll, haben immer wieder versucht, dieses zu finden. Eine originelle Methode soll darin bestanden haben, dass alle ein Handtuch aus dem Fenstern der Zimmer gehängt haben. Dann hat man sich die Turmanlage von außen betrachtet, um zu sehen, an welchem Fenster kein Handtuch hängt. Das soll dann gleich bei mehreren der Fall gewesen sein.

Fall XVII

Glamis Castle

Von allen Geistererscheinungen in Schottland hat keine eine solch breit gestreute Bekanntheit erreicht, wie die Geistererscheinungen in Glamis Castle, dem Sitz des Earl of Strathmore und Kinghorne in Forfarshire.

Ein Teil des Schlosses – derjenige Teil, der am öftesten vom Spuk heimgesucht wird – stammt aus historischen, nicht genau bestimmbaren Zeiten.

Wenn es aber eine Wahrheit in der Überlieferung gibt, dass Duncan hier von Macbeth ermordet wurde, muss dieser, auf alle Fälle, schon seit dem Beginn des 11. Jahrhunderts bestehen.

Natürlich wurden von Zeit zu Zeit neue Gebäude errichtet und Renovierungen gemacht, aber die Originalstruktur blieb stets ziemlich die gleiche, wie sie war, und befindet sich in einem viereckigen Turm, im zentralen Bereich gelegen, und der einen kompletten Überblick über das ganze Schloss erlaubt.

Innerhalb dieses Turms – dessen Wände fünfzehn Fuß dick sind* [* ca. 5 Meter] – gibt es einen Raum, versteckt in einem besonderen Teil, der ein Geheimnis birgt (der Schlüssel zu zumindest einer Geistererscheinung), den nur der Earl kennt, die Erben (an ihrem 21. Geburtstag) und der Geschäftsführer des Anwesens.

Aller Wahrscheinlichkeit nach würde das Mysteriöse, das diesem Raum anhaftet, wenig Aufmerksamkeit bekommen, gäbe es da nicht die Tatsache, dass überirdische Geräusche von verschiedenen Besuchern, die in dem viereckigen Turm übernachtet haben, gehört wurden, und von denen man annimmt, dass sie aus dieser Kammer kommen.

Das folgende Erlebnis, sagte man, hätte eine Lady namens Bonny gehabt. Ich füge dies hier an, mehr oder weniger in ihren eigenen Worten* [* hier geht es um das geisterhafte Erscheinen des eingemauerten Kindes, das in der vorstehenden Anmerkung erwähnt wurde].

Es ist schon eine Weile her, als ich mich in Glamis aufgehalten habe. Ich war wirklich nur ein wenig älter als ein Kind und verbrachte gerade die erste Saison in der Stadt. Aber, obwohl ich jung war, war ich weder nervös, noch voller Fantasien. Ich tendierte in eine Richtung, die man als stur bezeichnet, extrem sachlich und praktisch veranlagt. In der Tat, als meine Freunde ausriefen 'du willst doch nicht etwa sagen, dass du nach Glamis gehst!, weißt du nicht, dass es da spukt?', bin ich in lautes Gelächter ausgebrochen.

'Es spukt?', sagte ich, 'was für ein Unsinn! Es gibt so etwas wie Geister nicht. Man darf vielleicht an Feen glauben.'

Natürlich ging ich nicht alleine nach Glamis – meine Mutter und meine Schwester kamen mit mir; aber während sie in dem moderneren Teil des Schlosses schliefen, wurde ich, auf meinen eigenen Wunsch, in einem Zimmer im Tower untergebracht.

Ich kann nicht sagen, dass meine Wahl etwas mit dem geheimen Zimmer zu tun hatte. Dieser Raum, und die angeblichen Mysterien, sind schon so oft in meine Ohren gedrungen, dass ich davon schon total genervt war. Nein, ich wollte in dem viereckigen Turm aus einem anderen Grund schlafen, aus einem persönlichen Grund. Ich habe einen Vogelkäfig, der Turm war alt und voll von Vogelnestern. Einige davon hoffte ich erreichen zu können – um diese, ich schäme mich, das zu sagen – von meinem Fenster aus zu plündern.

So viel als Erklärung! Obwohl der viereckige Turm so alt war und an einigen Stellen schon abbröckelte, konnte ich nirgends eine Spur von einem Vogelnest erkennen. Die Wände waren, in einer unnormalen Weise, vollkommen kahl.

Es dauerte jedoch nicht lange, bevor meine Enttäuschung einem Entzücken wich; die Luft, die durch das offene Fenster wehte, war so lieblich, so sehr angereichert mit dem Duft von Heidekraut und Heckenkirsche, und der Anblick des weiten, ausladenden, dicht bewaldeten Areals, so unbeschreiblich anmutig, dass ich, trotz meiner unkünstlerisch veranlagten und unpoetischen Natur, verzaubert war – verzaubert, wie ich es niemals zuvor, und auch danach nicht mehr, war.

'Geister!', sagte ich zu mir selbst, 'Geister!, wie absurd!, wie widersinnig absurd!, solch ein beneidenswerter Ort kann nur Sonnenschein und Blumen beherbergen.'

Ich erinnere mich auch noch gut an das erste Abendessen in Glamis, obwohl ich - wie ich schon sagte – nicht poetisch veranlagt war. Die lange Reise und die gute Bergluft hatten mich hungrig gemacht, und ich denke, dass ich nie zuvor solchermaßen köstliches Essen genossen hatte – solch prächtigen Lachs aus dem Esk* [* schottischer Fluss] und solch himmlische Früchte.

Ich muss ihnen aber gestehen, dass ich, obwohl ich herzhaft gegessen hatte, wie es ein gesundes Mädchen sollte, mein Mahl schon verdaut hatte, als es Zeit war zu Bett zu gehen.

In der Tat, war ich durchaus dazu bereit, mir ein paar Haferbiskuits einzuverleiben, die in meinem Koffer waren und die ich, wie ich mich erinnerte, in Perth gekauft hatte.

Es war ungefähr um elf Uhr, als mich mein Hausmädchen verlassen hatte, und ich saß für einige Minuten in meinem Morgenmantel da, bevor ich das Fenster öffnete.

Die Nacht war sehr ruhig, und abgesehen von einem gelegentlichen Rascheln des Windes in den entfernten Baumwipfeln, dem Heulen einer Eule, dem melancholischen Schrei eines Kiebitzes und dem heißeren Bellen eines Hundes, war die Stille ungetrübt.

Das Interieur des Zimmers war, in fast allen Details, modern. Die Möbel waren nicht alt, es gab keine düsteren Schnitzereien, keine grotesk-modischen Tapeten, keine dunklen Schränke, keine finsteren Ecken – alles war gemütlich und freundlich, und als ich ins Bett ging, kamen mir keine Gedanken an Geister und Mysterien in den Sinn.

Innerhalb weniger Minuten war ich eingeschlafen, und für einige Zeit war da nichts außer Leere – eine Leere, in der alle Identität ausgelöscht war.

Dann, plötzlich, fand ich mich in einem seltsam geformten Raum wieder, mit einer hohen Decke und einem Fenster, das so weit von dem schwarzen Eichenfußboden entfernt war, dass es von innen gänzlich unerreichbar schien.

Schwache Schimmer von phosphoreszierendem Licht kamen durch die schmalen Fensterscheiben und hoben die markanteren Objekte ringsum hervor. Meine Augen versuchten, aber vergebens, die entfernteren Ecken der Wand zu erreichen. Eine dieser Ecken löste in mir eine Furcht aus, die ich nie zuvor gespürt hatte.

Die Wände waren mit schwerem Vorhangstoff verkleidet, die für sich alleine ausgereicht hätten zu verhindern, dass irgendwelche Laute nach draußen dringen könnten.

Die Möbel, wenn man sie also solche bezeichnen könnte, verwirrten mich. Sie schienen mehr für eine Gefängniszelle geeignet, oder für eine Irrenanstalt, oder gar für einen Hundezwinger, aber nicht für den gewöhnlichen Wohnraum. Ich konnte keinen Stuhl sehen, nur einen derben Tisch aus Kiefernholz, eine Strohmatte und eine Art von Wanne. Ein Hauch von unerträglicher Finsternis und Schrecken lag über allem und durchdrang es.

Als ich so dastand, fühlte ich, dass ich auf etwas wartete – etwas das, wie ich fürchtete, in der Ecke des Zimmers versteckt war. Ich versuchte, mir selbst einzureden und mich zu überzeugen, dass da nichts war, was mir schaden konnte, nichts das mich in Schrecken versetzen konnte, aber meine Anstrengungen waren vergeblich – meine Ängste wuchsen.

Wenn ich genau gewusst hätte, was meine Furcht verursacht, hätte ich nicht dermaßen gelitten, aber es war meine Unwissenheit über das, was da war, was ich so fürchtete, was meine Furcht so schmerzlich machte.

Mit jeder Sekunde verstärkten sich die Qualen meiner Ungewissheit. Ich traute mich nicht, mich zu bewegen. Ich traute mich kaum, zu atmen, und ich fürchtete mich davor, dass das heftige Pulsieren meines Herzens, die Aufmerksamkeit der unbekannten Erscheinung erregen und sein Hervorkommen beschleunigen würde.

Doch, trotz der Unruhe in meinem Kopf, ertappte ich mich dabei, meine Gefühle zu analysieren. Es war nicht die Gefahr, die ich so verabscheute, sondern ihre Wirkung – ihr Schrecken. Ich schauderte bei dem bloßen Gedanken daran, was der trivialste Vorfall – das Knarren eines Brettes, das Laufgeräusch eines Käfers oder das Schreien einer Eule – für eine unerträgliche Wirkung auf meine Seele haben könnte.

In diesem entnervten und bemitleidenswerten Zustand fühlte ich, dass früher oder später der Augenblick kommen würde, wenn ich das Leben und die Vernunft gleichzeitig aufgeben muss, in dem höchst verzweifelten Kampf mit – der Furcht.

Schließlich bewegte sich etwas. Ein eisiger Schauer durchfuhr meinen Körper, und der Schrecken meiner Vorahnung erreichte seinen Höhepunkt. Die Erscheinung war kurz davor sich zu erkennen zu geben.

Das sanfte Reiben eines weichen Körpers auf dem Fußboden, das Knacken eines knöchernen Gelenks, Atmen, ein weiterer Knacks, und dann – war es nun meine eigene, erregte Fantasie – oder der störende Einfluss der Atmosphäre – oder das undeutliche Zwielicht im Zimmer – das etwas vor mir hervorbrachte, in der schauerlichen Dunkelheit der Nische, was aussah wie die schwankenden und undeutlichen Umrisse von etwas Leuchtendem und Schrecklichen?

Ich hätte gerne riskiert, das Kommende nicht zu sehen, und lieber woanders hingeschaut – ich konnte nicht. Meine Augen waren fest fixiert – ich war gezwungen, ununterbrochen vor mich hinzusehen.'

Langsam, sehr langsam, nahm das Ding, was immer es war, Gestalt an. Beine – verkrümmte, missgestaltete menschliche Beine. Ein Körper – gelbbraun und gebückt. Arme – lang und spinnenhaft, mit verkrüppelten, knotigen Fingern. Ein Kopf – groß und bestialisch, und bedeckt von einem Gewirr von grauem Haar, in einer grausigen Farce von Lockenpracht, das über seine hohe Stirn und die spitz zulaufenden Ohren hing. Ein Gesicht – und hierin zeigten sich meine grässlichsten Erwartungen – ein Gesicht, weiß und starrend, schweinsähnlich in der Form, bösartig im Ausdruck; eine teuflische Kombination aller Dinge, die faulig und tierisch sind, und, jedoch, nicht ohne einen Hauch von Pathos.

Als ich es entgeistert anstarrte, richtete es sich wie ein Affe auf seine Hinterbeine auf und starrte mich mitleidig an.

Dann schlurfte es nach vorne, rollte sich herum und lag da, ausgestreckt wie eine unbeholfene Schildkröte – und wälzte sich, als würde es die Wärme suchen, in den kalten, grauen Strahlen der frühen Dämmerung.

In diesem Moment drehte sich der Griff der Zimmertür, jemand kam herein, es gab einen lauten Schrei – und ich erwachte – erwachte, um die schrecklichsten Schreie zu hören, die ich je vernommen hatte, und die vom ganzen Turm, den Wänden und Dachsparren, widerhallten. Schreie von irgendeinem Ding oder irgendjemand – da diese starke Elemente enthielten, die sowohl menschlich als auch tierisch waren – und in größter Not.

Ich wunderte mich, was das bedeutete, und mehr als jemals in Angst, setzte ich mich im Bett auf und lauschte – lauschte, während eine Überzeugung als Folge einer Eingebung, Intuition, Suggestion, oder wie Sie es nennen wollen, jedenfalls trotzdem eine Überzeugung, mich zwang, die Geräusche mit dem Ding in meinem Traum in Verbindung zu bringen. Und ich verbinde sie immer noch damit.

Anmerkung des Übersetzers: Der Leser bekommt hier nun die einmalige Gelegenheit, ein Ereignis in diesem Schloss im 11. Jahrhundert, nämlich der Mord am Schottenkönig Duncan durch Macbeth – hier natürlich beide vertreten durch ihre Geister – mitzuerleben. Macbeth beging dieses Verbrechen seines persönlichen Vorteils willen, und hat sich, als Nachfolger Duncans, zum Tyrannen entwickelt.

Es war, denke ich, im gleichen Jahr – in dem Jahr, als die vorstehende Geschichte mir zugetragen wurde – dass ich eine andere Geschichte von den Geistererscheinungen in Glamis hörte, eine Geschichte in Verbindung mit einer Lady, die ich hier Miss Macginney nennen will. Ich füge auch ihre Erfahrung hier an, so genau wie möglich, wie sie mir diese wiedergegeben hat.

Ich spreche selten über mein Abenteuer, verkündete Miss Macginney, da so viele Leute über das Überphysische spotten, und lachen, wenn sie nur von der Erwähnung eines Geistes hören. Ich gebe zu, dass ich das Gleiche gemacht habe, bis ich einmal auf Glamis war. Eine Woche des Aufenthalts dort hat mich ziemlich von meiner Skepsis geheilt, und heute glaube ich fest an diese Dinge.

Der Vorfall ereignete sich vor fast zwanzig Jahren – kurz, nachdem ich von Indien zurückkam, wo mein Vater stationiert war. Es war Jahre her, seit ich in Schottland war, in der Tat hatte ich erst einmal, noch im frühen Kindesalter, die Grenze passiert. Ich war deshalb sehr erfreut eine Einladung zu erhalten, um ein paar Wochen im Land meiner Geburt zu verbringen.

Zuerst ging ich nach Edinburgh – ich wurde in Drumsheugh Gardens* [* im West End Bezirk von Edinburgh gelegen] geboren – und dann nach Glamis.

Es war schon spät im Herbst und sehr kalt. Ich erreichte das Schloss in einem Schneesturm. In der Tat, ich kann mich nicht erinnern, jemals draußen in einem solch fürchterlichen furchterregenden Sturm gewesen zu sein. Die Pferde haben es gerade so geschafft voranzukommen, und als wir das Schloss erreichten, fanden wir eine Menge Leute vor, die uns sehnsüchtig in der Halle erwarteten.

Durchgefroren! Ich war durchgefroren bis auf die Knochen, und ich dachte, ich würde nie wieder auftauen. Aber die großen Feuer und die helle und gemütliche Atmosphäre der Räume – obwohl das Interieur von Glamis modernisiert worden war – brachten mich wieder in Form, und zur Teezeit fühlte ich mich wunderbar warm und behaglich.

Mein Schlafzimmer war im ältesten Teil des Schlosses – dem viereckigen Turm – aber trotz der Tatsache, dass ich von einigen der Gäste gewarnt wurde, dass es dort spuken würde, kann ich Ihnen versichern, dass, als ich zu Bett ging, kein Thema ferner von mir war, als irgendwelche Geistergeschichten.

Ich ging um halb acht zu meinem Zimmer zurück. Der Sturm war zu diesem Zeitpunkt auf seinem Höhepunkt. Alles war durcheinander und im Chaos – undurchdringliche Dunkelheit mischte sich mit dem wildesten Getöse und Gekreische, und als ich durch mein Flügelfenster spähte, konnte ich nichts mehr sehen – die Scheiben waren mit Schnee bedeckt – Schnee, der unaufhörlich mit zyklonaler Wildheit gegen sie geschleudert wurde.

Ich klemmte einen Kamm in den Fensterladen, damit ich nicht wach gehalten wurde, von dem fortwährenden Knarren, und mit der Vorsicht, wie sie für mein Geschlecht charakteristisch ist, schaute ich in den Kleiderschrank und unter das Bett, um zu sehen, ob sich dort Diebe versteckt haben – und nur der Himmel weiß, was ich getan hätte, wenn sich dort wirklich einer befunden hätte. Ich stellte eine Kerze und eine Schachtel Streichhölzer auf den Tisch neben meinem Bett, im Falle, dass das Dach oder das Fenster beschädigt worden wären in dieser Nacht oder eine andere Katastrophe passiert wäre, und nach all diesen Vorbereitungen ging ich ins Bett.

In dieser Phase meines Lebens hatte ich einen soliden Schlaf, und, da ich einigermaßen müde war nach meiner Reise, befand ich mich bald in einem traumlosen Schlaf. Was mich geweckt hatte, kann ich nicht sagen, aber es kam mit einem heftigen Beginn zu mir, wie es vielleicht von einem Geräusch verursacht wurde. Dies war in der Tat mein erster Eindruck und ich strapazierte meine Ohren, um zu klären, wodurch es verursacht wurde.

Es war jedoch alles still. Der Sturm hatte nachgelassen, und das Schloss war in ein fast unnatürliches Schweigen gehüllt. Es hatte sich aufgeklart, und das Zimmer wurde teilweise von einem breiten Strahl silbrigen Lichts beleuchtet, der weich durch die weißen und fest verschlossenen Jalousien hereinfiel.

Allmählich überkam mich das Gefühl, dass etwas Unnatürliches in der Luft lag, und dass die Stille nur der Auftakt von einem fremdartigen und erschreckenden Ereignis war.

Ich versuchte logisch zu denken, zu argumentieren, dass dieses Gefühl durch die ungewohnte Umgebung kam, aber meine Bemühungen waren erfolglos, und bald beschlich mich ein Gefühl, das mir bisher ziemlich fremd war – ich bekam Angst.

Ein unbändiges Zittern durchdrang meinen Körper, meine Zähne klapperten und mein Blut gefror. Einem Impuls folgend – einem Impuls, dem ich nicht widerstehen konnte, erhob ich mich von dem Kissen und starrte ängstlich in den Schatten, der direkt vor mir lag – und lauschte.

Warum ich hingehört habe, weiß ich nicht, außer dass wohl eine instinktive Eingebung dies bewirkt hat. Zuerst konnte ich nichts hören und dann, aus einer Richtung, die ich nicht lokalisieren konnte, kam ein Geräusch, tief, ausgeprägt, aber nicht bestimmbar. Es wurde in schneller Abfolge wiederholt und deutete zugleich auf die Tritte von Beinen hin, die in einer Rüstung steckten und welche die lange Treppe am Ende des Flurs, der zu meinem Zimmer führte, hochrasten.

Ich scheute mich davor, wahrzunehmen, was es sein könnte. Befallen von einem wilden Selbsterhaltungstrieb, machte ich verzweifelte Anstrengungen, aus dem Bett herauszukommen und meine Tür zu verbarrikadieren. Meine Glieder weigerten sich jedoch, sich zu bewegen. Ich war gelähmt. Näher und näher kamen die Geräusche, und ich konnte schließlich, mit einer Klarheit, die meine ganze Seele versteinerte, das Klirren von Schwertscheiden und das Schnaufen und Keuchen von Männern unterscheiden, die, verwundet, zu einem wilden und verzweifelten Rennen gezwungen waren.

Und dann erschien mir die Bedeutung von allem mit abscheulicher Schroffheit – es war ein Fall von verfolgen und verfolgt werden, das Rennen ging – um das Leben.

Der Flüchtende blieb vor meiner Tür stehen, und von den Geräuschen, die er machte, beim Versuch Atem zu holen, wusste ich, dass er völlig erschöpft war. Sein Gegner gab ihm aber kaum Zeit sich zu erholen. Er sprang zu ihm hin, mit gewaltigen Sätzen, und gab ihm einen Schlag, der ihm mit solcher

Wucht gegen die Tür taumeln ließ, dass die Türverkleidungen, obwohl aus der dicksten Eiche gemacht, zitterten und gedehnt wurden, wie schwache Paneelenbretter.

Der Schlag wurde wiederholt, und der Schrei, der aus der Kehle des Opfers kam, verwandelte sich in ein gurgelndes Stöhnen, und ich hörte, wie die schwere Streitaxt, durch Helm, Schädel und Gehirn, eindrang. Einen Moment später kam das Geräusch von einer schlitternden Rüstung, und der Körper rutsche zur Seite und fiel mit einem tönenden Geklirr zu Boden.

Es folgte nun ein Schweigen, zu schrecklich, um es mit Worten beschreiben zu können. Nachdem er sein fürchterliches Werk vollbracht hatte, überlegte der Mörder seelenruhig was er als Nächstes tun sollte, während meine Furcht, seine Aufmerksamkeit zu erregen, so groß wurde, dass ich kaum wagte zu atmen. Dieser unerträgliche Zustand hatte schon so lange angedauert, dass er mir wie eine Ewigkeit vorkam.

Als ich unfreiwillig auf den Boden sah, erblickte ich einen Strom aus dunkler Flüssigkeit, der, aus Richtung der Tür kommend, langsam zu mir hin plätscherte. Noch einen Augenblick, und er würde meine Schuhe erreichen. Ich kreischte laut vor Entsetzen.

Plötzlich gab es einen Ruck, ein deutliches Klappern von Stahl, und im nächsten Moment öffnete sich langsam die Tür – obwohl sie verschlossen war. Die Grenzen meiner Standhaftigkeit waren nun erreicht, meine überbeanspruchten Herzklappen konnten es nicht mehr ertragen – ich wurde ohnmächtig.

Als ich das Bewusstsein wiedererlangte, war es Morgen, und die zur Begrüßung erschienenen Sonnenstrahlen, offenbarten keine Anzeichen für das erschütternde Drama.

Ich musste hart mit mir kämpfen, bevor ich mich entschließen konnte, noch eine Nacht in diesem Raum zu verbringen. Meine Gefühle, als ich die Tür hinter meinem sich zurückziehenden Dienstmädchen schloss und bereit war, ins Bett zu gehen, waren nicht die beneidenswertesten.

Es geschah aber nichts, noch erlebte ich irgendetwas dergleichen, bis zum Abend vor meiner Abreise. Ich hatte mich den ganzen Nachmittag über hingelegt, da ich müde war von einem langen Ausflug zu den Mooren, etwas was ich sehr gerne tat. Ich dachte gerade, dass es Zeit wäre aufzustehen, als ein dunkler Schatten über mein Gesicht fiel.

Ich schaute hastig auf, und da, neben meinem Bett stehend und sich über mich beugend, war eine riesige Gestalt in einer schillernden Rüstung.

Sein Visier war hochgestellt, und was ich in dem Helm sah, hat sich für immer in mein Gedächtnis eingeprägt. Es war das Gesicht der Toten – der längst Verstorbenen – mit dem Ausdruck – dem subtilen, teuflischen Ausdruck – der Lebenden. Als ich hilflos auf dieses starrte, beugte es sich tiefer. Ich warf meine Hände hoch, um es abzuwehren. Dann kam ein lautes Klopfen an der Tür, und als mein Dienstmädchen hereinkam, um mir zu sagen, dass der Tee bereit war, verschwand es.

Der dritte Bericht über Geistererscheinungen in Glamis, wurde mir schon vor so langer Zeit, im Sommer des Jahres 1893, vorgetragen.

Ich fuhr mit dem Zug von Perth nach Glasgow, und der einzige andere Passagier in meinem Abteil, war ein älterer Gentleman, der, von seiner generellen Aura und Erscheinung her, ein Schulmeister oder ein Mitglied eines anderen Bildungsberufes gewesen sein könnte.

Ich kann ihn jetzt noch vor meinem inneren Auge sehen, ein großer, schlanker Mann, mit einem sich abzeichnenden Buckel. Er hatte weißes Haar, welches auf beiden Seiten seines Kopfes nach vorne gekämmt war, sodass es eine Perücke vermuten ließ, buschige Augenbrauen, dunkle, stechende Augen und einen strengen, wenngleich auch etwas traurigen Mund.

Seine Gesichtszüge waren fein und gelehrt, und er war glatt rasiert. Es umgab ihn etwas – etwas, dass ihn von der allgemeinen Herde abhob – etwas was mich anzog, und ich begann mit ihm zu plaudern, kurz nachdem wir Perth verlassen hatten.

Im Verlaufe der Konversation, die in allen Bereichen interessant für mich war, gelang es mir, mit Geschick, das Thema Geister einzubringen – damals, wie heute, an erster Stelle in meinen Gedanken.

'Nun', sagte er, 'ich kann Ihnen etwas Außergewöhnliches erzählen, was, wie meine Mutter sagte, einer Freundin von ihr in Glamis widerfahren ist. Ich habe keinen Zweifel daran, dass Sie mit den abgedroschenen Geschichten in Verbindung mit den Geistererscheinungen in diesem Schloss bestens vertraut sind, zum Beispiel 'Earl Beardie playing cards with the Devil' (Das Kartenspiel von Earl Beardie mit dem Teufel), 'The Weeping Woman without Hands or Tongue' (die weinende Frau ohne Hände oder Zunge).'

Sie können in Dutzenden von Büchern oder Zeitschriften darüber lesen. Was aber der Freundin meiner Mutter widerfahren ist, die ich mal Mrs. Gibbons nennen will – ich habe ihren richtigen Namen vergessen – war offensichtlich etwas Neues. Die Sache passierte kurz vor dem Tod von Mrs Gibbons, und ich dachte immer, dass das, was stattgefunden hatte, etwas mit ihrem Tod zu tun haben könnte.

Eines Tages ist sie zum Schloss hinüber gefahren – während der Abwesenheit seines Besitzers – um ihre Cousine zu besuchen, die in Anstellung bei dem Earl und der Countess war. Da sie niemals zuvor in Glamis war, aber so viel über dieses Schloss gehört hatte, war sie sehr neugierig, denjenigen Teil des Gebäudekomplexes zu sehen, welcher der viereckige Turm genannt wird, und der den Ruf hatte, verhext zu sein.

Diskret eine Gelegenheit abwartend, horchte sie ihre Verwandte über dieses Thema aus und wurde mit einem Lachen informiert, dass sie überall auf dem Anwesen herumgehen kann, wo es ihr beliebte, mit Ausnahme eines Ortes – 'Bluebeard's Chamber' (Blaubarts Zimmer). Sie würde allerdings niemals dazu kommen, ihre Nase dort reinzustecken, da dessen Lage nur drei Personen bekannt war, die sich alle verpflichten mussten, dies nie zu verraten.

Am Anfang ihrer Inspektionstour war Mrs. Gibbons enttäuscht – sie war vom Turm enttäuscht. Sie hatte erwartet, einen kargen grimmigen Ort vorzufinden, der vor Alter in Stücke zerfiel, voll von bluttriefenden Wendeltreppen und tiefer, dunkler Keller, während alles verkehrt herum war. Die Wände waren in einem exzellenten Erhaltungszustand – völlig intakt; die Zimmer waren hell, freundlich, und höchst modern ausgestattet. Es gab keine Kerker, zumindest keinen, den man sehen konnte, und die Gänge und Treppen erinnerten an nichts Schlimmeres als – Fledermäuse!

Einige Zeit lang wurde sie von ihrer Verwandten begleitet, aber als diese fortgerufen wurde, setzte Mrs. Gibbons ihre Streifzüge alleine fort. Sie hatte die unteren Räumlichkeiten erkundet, und inspizierte gemächlich eine hübsch möblierte Wohnung im ersten Stock, als sie beim Durchschreiten des Raums, von einer Seite zur anderen, in etwas hineinrannte. Sie schaute nach unten – nichts war zu sehen. Sehr erstaunt streckte sie ihre Hände aus, und sie landeten auf einem Gegenstand, den sie leicht identifizieren konnte. Es war eine riesige Tonne oder ein Fass, das dort quer lag.

Sie bückte sich in den Bereich, wo sie es fühlte, konnte aber nichts sehen – nichts als die gut polierten Bretter des Fußbodens. Um sich zu versichern, dass es da war, gab sie ihm einen kleinen Tritt – und zog ihren Fuß mit einem Schmerzensschrei zurück.

Sie hatte keine Angst – der Sonnenschein in dem Raum verbot jede Furcht – sie war nur entnervt. Sie war sich sicher, dass ein Fass da war – dass es gegenständlich war – und sie war wütend auf sich selbst, dass sie es nicht sehen konnte.

Sie fragte sich, ob sie dabei war zu erblinden, aber die Tatsache, dass andere Gegenstände im Raum für sie deutlich sichtbar waren, lehnte eine solchen Gedanken ab.

Für einige Minuten stupste und stieß auf das Ding, und dann, von einer plötzlichen, unkontrollierbaren Panik erfasst, drehte sie sich herum und floh.

Als sie aus dem Zimmer rannte, den Gang und die scheinbar unendliche Treppe hinunter, hörte sie das Fass hinter ihr, welches sie dicht verfolgte – 'bumm-bumm-bumm!'

Am unteren Ende der Treppe traf Mrs. Gibbons auf ihre Cousine, und als sie diese hilfesuchend umklammerte, schoss das Fass an ihr vorbei, immer noch dabei herunterzurollen – 'bumm-bumm-bumm!' (obwohl die Stufen, soweit sie sehen konnte, bereits endeten) – bis die Töne allmählich in der Ferne verschwanden.

Während dies noch andauerte, sprachen weder Mrs. Gibbons noch ihre Cousine ein Wort. Letztere aber, nachdem die Geräusche verklungen waren, zerrte Mrs. Gibbons weg, und, mit einer vor Angst zitternden Stimme, schrie diese heraus: 'Schnell, schnell, um Himmels willen, schau nicht zurück – es wird noch Schlimmeres kommen!' In atemloser Hast zog sie Mrs. Gibbons mit sich und drängte sie kurzerhand aus dem Turm.

Das war kein Fass!, bemerkte die Cousine von Mrs. Gibbons als Erklärung. Ich habe es gesehen – ich habe es schon einmal gesehen. Frag mich nicht, es zu beschreiben. Ich wage es nicht – ich wage nicht einmal, daran zu denken.

Jedes Mal wenn es erscheint, passiert kurz danach etwas. Und sag nichts, wirklich nichts, zu irgendjemand hier.

Mrs. Gibbons, wie mir meine Mutter erzählte, kam von Glamis zurück, tausendmal neugieriger, als sie es war, bevor sie ging.

Die letzte Geschichte, die ich erzählen will, ist eine, die ich vor vielen Jahren gehört hatte, als ich mich in der Nähe von Balmoral aufgehalten hatte. Ein Gentleman namens Vance, mit einem sehr altmodischen Geschmack, hielt sich in einem Gasthaus in der Nähe des Strathmore Anwesens auf. Eines Nachmittags wanderte er umher und betrat, in einem Zustand der Zerstreutheit, das Gelände des Schlosses.

Die Familie war – zu seinem Glück – gerade nicht da, und er traf niemanden Besonderes, außer einem Mann, den er für einen Gärtner hielt, einen wild aussehenden Kerl, mit einem riesigen Kopf, bedeckt von einer Menge roter Haare, aggressiver Typ, hohe Wangenknochen, hoch – selbst für einen Schotten.

Noch beeindruckt von der Erscheinung dieses Individuums, sprach Mr. Vance mit ihm. Da er ihn aber doch als sehr zivil empfand, fragte er, ob er zufällig auf einige Fossilien gestoßen sei, wenn er im Garten gegraben hatte.

'Ich kenne den Begriff Fossilien nicht', antworte der Mann mit einem starken, schottischen Akzent. 'Was ist das?'

Mr. Vance erklärte es und ein Ausdruck von List kam allmählich über die Gesichtszüge dieses Burschen. 'Nein!', sagt er, 'ich habe niemals etwas Derartiges gefunden. Aber wenn Sie mir ihr Wort geben, dass sie nicht darüber sprechen, zeige ich ihnen etwas, das ich einmal dort drüben am viereckigen Turm ausgegraben habe.'

'Meinen sie den verhexten Turm? – der Turm, der einen geheimen Raum enthalten soll?', rief Mr. Vance aus.

Ein außergewöhnlicher Ausdruck – ein Ausdruck, den Mr. Vance unmöglich ergründen konnte – kam in die Augen des Mannes. 'Ja!, das ist er!', nickte er, 'wie die Leute sagen – mit Recht sagen – der verhexte Turm. Ich habe es von dort, aber sagen Sie kein Wort darüber!'

Die Neugierde von Mr. Vance war geweckt, er gab sein Versprechen, und der Mann forderte ihn höflich auf, ihm zu folgen. Er ging voran auf dem Weg zu einer Hütte, die in der Nähe stand, im Herzen eines dunklen Waldes. Zum Erstaunen von Mr. Vance entpuppte sich der Schatz als das Skelett einer Hand, einer Hand mit ungewöhnlich großem Knöcheln, und das erste Gelenk – sowohl von den Fingern, als auch vom Daumen – war viel kürzer als die anderen. Es war die am außergewöhnlichsten geformte Hand, die Mr. Vance je gesehen hatte, und er hatte nicht die geringste Ahnung, wie er sie einsortieren sollte.

Sie stieß ihn ab, regte aber gleichzeitig sein Interesse, und er bot dem Mann schließlich eine gute Summe an, wenn er sie behalten dürfte. Zu seinem Erstaunen wurde das Geld abgelehnt. 'Sie können das Ding haben, und gut damit', sagte der Bursche. 'Ich gebe ihnen nur den Rat, sie nicht spät in der Nacht anzuschauen oder kurz vor dem Zubettgehen. Wenn Sie es trotzdem machen, haben sie vielleicht schlechte Träume.'

'Ich werde das Risiko eingehen!', sagte Mr. Vance und lachte. 'Sehen Sie, ich bin ein starrköpfiger Cockney* [* Cockney ist eine Bezeichnung für einen Londoner, im engeren Sinne eigentlich nur für einen, der in Hörweite der St. Mary-le-Bow Kirche geboren wurde]. Ich bin nicht abergläubisch. Es sind doch nur ihr Highlander und eure ersten Cousins, die Iren, die heutzutage an Geister, Omen und solcherlei Dinge glauben.' Er packte die Hand sorgfältig in seinen Rucksack, wünschte der seltsamen Kreatur einen Guten Morgen und ging seines Weges.

Für den Rest des Tages war die Hand das, an was er am meisten dachte – nichts hatte ihn bisher so fasziniert. Er dachte den ganzen Abend darüber nach, und selbst zur Schlafenszeit war er noch dabei sie zu untersuchen – oben in seinem Raum bei Kerzenlicht.

Er erinnerte sich verschwommen daran, dass irgendeine Uhr zwölf geschlagen hatte, und er begann zu fühlen, dass es Zeit war, sich zurückzuziehen, als er im ihm gegenüber hängenden Spiegel die Tür erblickte – sie war offen.

'Beim Jupiter!, das ist seltsam', sagte er zu sich selbst. 'Ich könnte schwören, dass ich sie geschlossen und verriegelt habe.' Um sich zu versichern, drehte er sich herum – die Tür war verschlossen. 'Eine optische Täuschung', murmelte er. 'Ich werde es noch einmal versuchen. Er schaute in den Spiegel – die Tür, die er darin sah, war – offen. Völlig unfähig dieses Phänomen zu erklären, lehnte er sich in seinem Sitz nach vorne, um das Glas näher zu inspizieren. Als er dies tat, zuckte er zusammen.

Auf der Schwelle der Tür war ein Schatten – schwarz und dickbäuchig. Ein kalter Schauer rann Mr. Vance den Rücken herunter. Für einen Moment spürte er Furcht – schreckliche Furcht. Es fasste sich aber schnell wieder – es war nichts als eine Illusion – es gab dort in Wirklichkeit keinen Schatten – er müsste sich nur herumdrehen und das Ding würde wieder verschwunden sein. Es war amüsierend – unterhaltend. Er würde abwarten und sehen was passiert.

Der Schatten bewegte sich. Er bewegte sich langsam durch die Luft, wie eine riesige Spinne oder ein seltsam geformter Vogel. Er würde nicht akzeptieren, dass etwas Unheimliches dran war – nur etwas Drolliges – entsetzlich Drolliges. Es brachte ihn aber nicht zum Lachen. Als es ein wenig näher gerückt war, versuchte er es zu diagnostizieren, sein materielles Gegenstück in einem der Gegenstände um ihn herum zu erkennen, aber er musste einsehen, dass seine Versuche vergeblich waren – es gab nichts im Raum, was ihm im entferntesten ähnlich sah.

Ein vages Gefühl des Unbehagens kroch allmählich in ihm hoch – war das Ding in dem Schatten etwas, mit dem er vertraut war, aber sich jetzt nicht daran erinnern konnte – etwas das er fürchtete – etwas, das unheimlich war? Er kämpfte gegen diese Idee an und verwarf sie als absurd, aber es kehrte zurück – kehrte zurück, als der Schatten näher kam. Er wünschte sich, dass das Haus nicht so still gewesen wäre – dass er irgendein Anzeichen von Leben vernehmen würde – irgendetwas – irgendetwas als Gefährte, was ihn von dem bedrückenden Gefühl von Einsamkeit und Isolation befreien könnte.

Wieder überkam ihn ein Schauer des Schreckens. 'Schau her!', rief er laut aus, froh den Klang der eigenen Stimme zu hören. 'Schau her!, wenn das noch länger so weitergeht, werde ich anfangen, zu denken, dass ich verrückt werde. Ich habe genug, und mehr als genug von Zauberspiegeln gehabt, für eine Nacht – es ist Zeit zu Bett zu gehen.'

Er versuchte, sich von seinem Stuhl zu erheben – sich zu bewegen; er war aber unfähig dies zu tun, eine seltsame, tyrannische Kraft hielt ihn gefangen. Der Schatten veränderte sich; die Unschärfe wich, und die klar begrenzten Umrisse eines Objekts – eines Objekts, dass Mr. Vance völlig krank vor Unbehagen machte – entblößte sich langsam.

Sein Verdacht bestätigte sich – es war die Hand! – die Hand, nicht länger ein Skelett, aber bedeckt von grünem, vermoderndem Fleisch – die sich verstohlen und klammheimlich zu ihm hin tastete – auf die Rückseite der Stuhllehne zu.

Er bemerkte das mörderische Zucken ihr kurzen, flachen Fingerspitzen, die monströsen Muskeln von seinem scheußlichen Daumen und die großen, klobigen Vertiefungen in ihrer feuchten Handfläche. Sie kam zu ihm heran, ihre kalte, schleimige, scheußliche Haut berührte seine Jacke – seine Schulter – seinen Hals – seinen Kopf. Sie drückte ihn herunter, quetschte und würgte ihn.

Er sah alles im Spiegel – und dann geschah etwas Außergewöhnliches. Mr. Vance wurde plötzlich wieder lebendig.

Er stand auf und schielte verstohlen herum. Stühle, Bett, Kleiderschrank, alles war verschwunden – ebenso das Schlafzimmer – und er fand sich in einer kleinen, kahlen dürftig ausgestatteten und eigenartig konstruierten Wohnung wieder, mit einem schmalen Spalt von einem Fenster, irgendwo in der Nähe der Decke.

In seiner Hand hatte er ein Messer mit einer langen, scharfen Klinge, und seine ganzen Sinne waren auf Mord ausgerichtet.

Heimlich schlich er sich vorwärts und erreichte eine Ecke des Raums, wo er zuerst eine Matratze sah – eine Matratze – auf der eine zusammengekauerte Gestalt lag. Was sie war – entweder menschlich oder tierisch – wusste Mr. Vance nicht – interessierte ihn nicht. Alles was er fühlte, war, dass sie hier drinnen war, um von ihm getötet zu werden – dass er sie verabscheute und hasste – es hasste mit einem Hass, wie es sonst keinen geben könnte.

Auf Zehenspitzen ging er vorsichtig auf sie zu, bückte sich, hob das Messer hoch über seinen Kopf und stieß es, mit aller Kraft, die er aufbringen konnte, in ihren Körper.

Er ging den Weg im Raum zurück, und fand sich in seiner Wohnung in der Gastwirtschaft wieder. Er schaute nach der skelettierten Hand – sie war nicht mehr da, wo er sie gelassen hatte – sie war verschwunden. Dann starrte er auf den Spiegel, und auf der blitzblank polierten Oberfläche sah er – nicht sein eigenes Gesicht – sondern das des Gärtners, der Mann, der ihm die Hand gegeben hatte. Erscheinungsbild, Farbe, Haar – alles – alles war identisch – wundervoll, abscheulich identisch – und als sich seine Augen die seinen trafen, lächelten sie – teuflisch.

Früh am nächsten Tag, machte sich Mr. Vance auf den Weg zum Dickicht und zu der Hütte; sie waren nicht auffindbar – niemand hatte je etwas von ihnen gehört.

Er setzte seine Reise fort, und einige Monate später, bei der Ausstellung einer Leihgabensammlung von Bildern in Edinburgh, kam er zu einem plötzlichen – sehr plötzlichen Halt – vor dem Porträt eines Gentlemans in einem alten Kostüm. Das Gesicht erschien in sonderbarer Weise vertraut – der große Kopf mit dickem, rotem Haar, aggressive Erscheinung, die engen und fest zusammengedrückten Lippen.

Dann kam alles in einem Augenblick zu ihm zurück: Das Gesicht, das er sah, war das des groben Gärtners – des Mannes, der ihm die Hand gegeben hatte. Und um die Sache perfekt zu machen: Die Augen grinsten ihn an.

Sonnenuntergang in den schottischen Highlands,
Sir Alfred de Bréanski (1852 – 1928)

Schottische Landschaft mit der Ruine von Tarbert Castle,
Hans Gude (1825 - 1903)

Schafherde in den Highlands
Highland Wanderers - Morning Geln-Croc, Argyleshire, W. Watson 1906